7 EM 1

Jorge Salomão

7 em 1

(sete livros reunidos em um)

GRYPHUS

Rio de Janeiro

© Jorge Salomão

Revisão
Lara Alves

Editoração eletrônica e finalização
Rejane Megale

Capa
João Salomão

Foto do autor
Rodrigo Sombra

Cabeçalho
JS

Adequado ao novo acordo ortográfico da língua portuguesa

CIP-BRASIL. CATALOGAÇÃO-NA-FONTE
SINDICATO NACIONAL DOS EDITORES DE LIVROS, RJ
....
S17s

Salomão, Jorge
    7 em 1 / Jorge Salomão. - 1. ed. - Rio de Janeiro : Gryphus, 2019.
    252 p. ; 23 cm.

    Inclui bibliografia
    ISBN 978-85-8311-140-5

    1. Poesia brasileira. I. Título.

19-60412   CDD: 869.1
                                                                  CDU: 82-1(81)
....

GRYPHUS EDITORA
Rua Major Rubens Vaz 456 — Gávea — 22470-070
Rio de Janeiro — RJ — Tel.: (0XX21) 2533-2508 / 2533-0952
www.gryphus.com.br — e-mail: gryphus@gryphus.com.br

Sumário

Mosaical	7
O olho do tempo	57
Campo da Amérika	81
Sonoro	113
A estrada do pensamento	169
Conversa de mosquito	187
Alguns poemas e + alguns	207

Mosaical

seco

seco
pareço um leito enxuto de rio
sem chuva nem vegetação
seco
igual a carne seca
fruta seca
um som seco
sem badalos
direto
despojado
informação seca
com um canto sem acompanhamento
com a goela seca
seco
batendo na terra
buscando algo
que não seja seco

minha sensibilidade

minha sensibilidade
não é lata de lixo não
nem espremedor de laranjas
a triturar frutas sem parar
nem alvo para testes de pontaria
nem rede para se espreguiçar
nem milho de pipoca prestes a estourar
nem ar condicionado
nem nada do que se possa esperar
nem ventilador a atirar o caos para o ar
nem mensagens que não puderam
numa garrafa entrar
nem barco sem condições
atirado a altas ondas do mar

minha sensibilidade é simples
não gosta de barulho
mas gosta de dançar
é simples
e volta e meia
se perde no filme invisível
que passa por entre as rochas
e fica a indagar o seu caminhar
minha sensibilidade
é uma interrogação
neste deserto de absurdas afirmações
não é nada
do que se possa esperar
é simples
e quer aumentar...

os abutres

há um fascínio no que a máscara encarna. ganso morto na ponta da faca quente. quem há de querer o primeiro pedaço do rabo? tudo parece imóvel entre as mesas deste bar, set improvisado para rodar uma cena. você parece um barco encalhado na primeira onda do desejo, não respira, transpira um sufoco de caos impulsivo. entre as pedras nenhuma flor brota pelas membranas do mágico que passa pela fresta.

treme você na hora de dar o passo decisivo na dança do salto para o alto de si. mapeamento sinuoso do universo das cidades. não sigo nenhuma trilha tradicional. beijo até o fogo. narro, brinco e os fatos se revelam; crescem e numa velocidade alucinante desaparecem como corisco no céu dos dias por entre montanhas de circunstâncias. montes de guardanapos sujos do mesmo batom. a torneira jorra água fétida para as panelas do bairro cheio de curvas à beira-mar. tudo parece insosso e nada há de deter a explosão da comporta trancada a sete cadeados. crianças miam e gatos choram. estou só na estrada e isso não é de agora. alguns palhaços dançam na linha do horizonte. setas indicam direção nenhuma. há um vácuo, e nós? quando a dor decidiu fazer o cerco total eu disse não e abri. em volta no monte de lixo, os abutres devoram a paisagem.

é tudo ficção

lavo os pratos
bato meu carro
saio nos jornais
conto piadas na tv
choro canto danço
penso em ir embora
às vezes eu me desespero
digo não sim
quero mais
por todo lado confusão
tento me equilibrar
na corda bamba andar
o que se passa sob o sol
é tudo ficção
o que era calado silêncio
agora é pura flecha
o que era novo de manhã
no almoço é só poesia e podridão
nesta tribo tecnológica
sem fios nem pontas
neste painel eletrônico sem portas
tem luz dentro do túnel
e fora só escuridão
como não há solução
só problemas
a questão é filosofar
e como um trapezista pular
e acreditar:
o que se passa sob o sol
é tudo ficção.

o invisível

todos estão cegos
nessa manhã ensolarada
apenas eu vejo a luz
os automóveis atolados na lama
lagartos dançam na sua fama
e nós dois em que cama?
nem tudo são rosas
às vezes é amargo demais
ela não bate a porta
felicidade balão solto
no ar no coração
e brilha...
teu sorriso criança
brinca entre os mendigos
uma grande dúvida toma conta de tudo
o sol forte continua a nos iluminar
nem tudo o que reluz é ouro
às vezes é nada mesmo
nem tudo o que vem
volta atrás
apenas eu vejo a luz?
apenas eu vejo a luz?
apenas eu vejo a luz?

texto nº 1

Técnicas. TVs. Tecnologias.
Vulcões. Símbolos. Imagens.
Figuras. Pacotes. Posições.
Imensos. Desenhos. Campos.
Números. Cores. Letras.
Cenas. Poesias. Papos.
Pontes. Plurais. Mais.
Jogos. Diversões. Diferentes.

Doces. Barcos. Beijos.
Pontilhados. Águas. Gráficos.
Cravos. Criativos. Jardins.
Olhos. Grupos. Bandos.
Pessoas. Amores. Estações.
Estágios. Departamentos. Dedos.
Borrachas. Desejos. Cartas.
Lados. Coisas. Fatos.
Ares. Notas. Cacos.
Corpos. Matérias. Densos.
Hálitos. Pedras. Palavras

texto nº 2

o novo o ar dele o clima
vindo inteiro intenso
solto doido independente
fluente espacial
atual pérola pedra pão
grãos deuses mãos
sim texto corrido
feito rio barcos balsas
navegações vegetações
situações bússolas satélites
mergulhos voos cantos
silêncios paixões passagens
brechas buracos idades
ideias tempos

política voz

eu não sou o mudo
balbuciando
querendo falar
eu sou a voz
da voz do outro
guardada
falante
querendo arrasar
com teu castelo de areia
que é só soprar
soprar soprar
e ver tudo voar
eu não sou a porca
que não quer atarraxar
e nem a luva
que não quis na sua mão entrar
eu sou a voz
que quer apertar o cerco e explodir
toda essa espécie de veneno
chamado caretice
e expulsar do ar, do ar, do ar
a nuvem negra
que só quer perturbar
soprar
e ver tudo voar
soprar
e não ficar nada para contar

comendo vidro

nas diurnas
nas noturnas
um cigano vagabundo
um clown pirado

sapato furado
barriga vazia
tudo tão exposto
a qualquer estação
que nem adianta
pensar que vai ser diferente
a estrada é longa
bom andar
ontem ali
hoje aqui amanhã acolá
pulando de galho em galho
na tela do computador
como um risco um foguete
uma explosão em cada espaço
comendo vidro
engolindo
soprando fogo por todos os poros
abrindo caminho no fechado
trilhando o claro
escuro dos dias
não é fácil não
é mais que duro
fere até o imaginar
um letreiro qualquer:
a poesia o pão são necessários
comendo vidro
como um malabarista
desses que extraem do organismo
alimento para uma canção
um blues ao sol do meio-dia

onírica

uma voz rouca ecoa no deserto
como uma serpente no asfalto quente
caio numa areia movediça

de cinema à tarde
e deus criou a mulher...
fartos peitos
boca aberta
muito prazer
apago o cigarro na mão
tomo dois goles de aguardente
da goela labaredas de canção
saio de mim e volto
caio em ti e viajo
estou ilhado
cercado de ferozes tubarões
é grande a fome
nas paredes da barriga
tudo parece girar
num redemoinho de vento e som
passo sem pestanejar
de sonho em sonho
uma bala explode o monstro coração
num lacônico não
desprotegido ao sol
ligo para um amigo
grito: socorro
festa no outro lado do mar
e ela grita tanto
num triste bangue-bangue
que desperto
de olhos grudados
feliz na neblina
sem luz nenhuma a velejar

só quero cantar

garganta aberta para o canto
não sei o certo
corro riscos

não sou nada seu
nem laços nem coração partido
sou a voz de um fogo
crescente a crepitar
que ao cantar
toca nos quatro cantos da terra
fazendo-a girar mais e mais
sou a voz de um pássaro gigante
com sua doida dança a voar
mágica cheia de truques
bailarina boca
igual ao imenso mar
que quando canta
quer que o mundo escute
e como flor se abra
para o ar
só quero cantar
quem canta inventa o canto
em cada canto
é bom sentir-se vivo
e o canto espalhar

pseudoblues

dentro de cada um
tem mais mistérios do que pensa o outro
uma louca paixão avassala
a alma o mais que pode
o certo é incerto
o incerto é uma estrada reta
de vez em quando acerto
depois tropeço no meio da linha
tem essa mágica
o dia nasce todo dia
resta uma dúvida
o sol só vem de vez em quando

o certo é incerto
o incerto é uma estrada reta
de vez em quando acerto
depois tropeço no meio da linha

∼ ∼ ∼

ONDAS ONDAS ONDAS
MAR MAR
VIDA

∼ ∼ ∼

Te(x)To

ilhas
blocos
constelações...
Se soubesse dos teus mistérios todos, seria... o quê?
nada,
nenhuma coisa aconteceria.
Negro.
Não me canso, digo em diferentes tons o tempo todo,
você não me ouve: I love you.
Mudança de papo
Calor
Alma quente febril
Amor
Palavras
ideias
pensamentos
Pedras
nenhum sentimento existe neste volume
Onde
Como
Quando?...

O coração
Deus existe?
O azul do universo
Será tudo precioso ou inútil?
nenhuma certeza
Tudo ou nada?
Não sou máquina...
Não...
Sim...
te vejo no espelho
no lago
os olhos
Tu és um camarão...
Ok?
Exercícios
Dedos
Tubarão
Ave de plumagem rara
Grotesca beleza
Risos
Plantas
Diversas sementes
Chão
Onde andas?
na lama ou na areia?
no céu ou no inferno?
Frutas na mesa
garrafa vazia
vida
Existe sentimento na mão?
existe fôlego no coração da jararaca?
Nao sei de nada...
ao olhar o mar, abro-me...
Imensidão.

∽ ∽ ∽

voz eco

não tenho nada
amor ninguém
sou a voz
o eco
lamento
canto danço as paredes desse texto
entre dias vazios
noites frias
choro gotas enormes
numa erupção rápida
entre soluços
lavo a cara com as próprias lágrimas
digo não à fome
ela se dissipa
no oco estômago e ponto
a voz beija o eco
ele se espanta cresce até o monte
se alimenta dela
que por si só
precisa do seu rosto inteiro
conhecem-se estranham-se
amam-se odeiam-se
são unha e carne devoram-se
entre gritos
emissões

chiaroscuro

na cabeça do boi
vinga e triunfa o espírito da vaca
linda loura e louca
tu és um furacão de sensações
tempestade em copo d'água
lama e ouro

mesmo prato
luz e misérias
tu és pedra pedra pedra
inteligência rara
desperdícios e corações
tu és nada nada nada
tu és não

enciclopédia chinesa
texto século 21

a) cultura / carnaval
b) marcha das utopias
c) ?
d) bomba luminosa
e) isso aqui é o Novo Mundo?
f) liberdades conquistadas são liberdades conquistadas
g) explosão
h) captando ondas no ar do mundo
i) criar produtos
j) trabalhos e dias
l) inventar o dia cada dia
m) lâminas do mundo
n) pratos quentes
o) variados
p) luz e sombra
q) deuses e diabos
r) notas e notícias
s) luz natural e luz artificial
t) força bruta viva
u) flores e frutos
v) quanto mais melhor
x) diversos e diferentes
y) fazer fazendo
z) agora e sempre

∼ ∼ ∼

em mim não habita o deserto que há em ti
minha alma é um oásis luminoso
você constrói sua jaula e nela quer ficar
cuidado
eu faço o que acho que deve ser feito na hora certa
existe diferença entre paixão e projeção?
será que terei de me tornar um insensível
só para suprir a demanda do mercado atual?
quanto mais eu me acho mais eu me perco que os tambores
batam e que tudo se acenda forte!

∼ ∼ ∼

algo se move
se movimenta
por entre as pedras
algo corrente fio d'água
algo que aflora
fazendo surgir um outro espaço
algo alga
numa dança aquática
algo mole
gelatina no pirex
algo que filtra
algo serpentino
algo que vaza
em direção à superfície
algo novo
algo surpresa
aparecendo com vontade
algo na direção da luz

∼ ∼ ∼

na vida
um ponto
no dia
uma interrogação
volta e meia
dentro e fora
no claro
no escuro
igual a peixe
na mão
no braço
no pé
no coração
tudo pássaro
sensação

poética I

aqui do alto da montanha
vejo a terra toda:
sinto-me mágico
por instantes dono
sublime rei
depois carinhoso aliado
pele próxima
expansão junta

azul azulão

aproveitando a sombra do teu barraco
minha alma é puro sol
um avião passa

e um produto anuncia
acendo um cigarro
tudo parece ter um pouco de magia
e uma ciência
no circo do dia
vacas no pasto a ruminar
estórias desejos
a sujeira do mar
asas abertas
eu quero voar
igual à linha do horizonte
eu vou ficar
na minha cabana
tudo é liberdade
e amor
exercícios físicos à beira-mar
peixes frutas à vontade
o sol todo dia vem
uma voz salta
de dentro de mim
outras outras
"azul
muito azul
imenso azul
azulão"
estampido próximo
ao ouvido
luz geral
– você chegou!

DEPOIS DO CANTO,
VOOU
NINGUÉM NUNCA MAIS O VIU.

meditação subversiva

é diferente da contemplativa:
valores explodem em luzes, transformando tudo,
alimentando totalmente os fragmentos individuais
pela tonificação do ser.
fixe um ponto
visualize o horizonte
espalhe ideias
não se derrote
seja um lutador
na batalha
as coisas pintam
seja a longo
ou curto prazo
tudo é peça de um jogo
saiba armar
saiba dançar
crie estratégias
a explosão acontecerá
e quem não a quer?

supermercados da vida

nos supermercados da vida
se conhece o homem e seus preços
baratos ou caros
eles vendem suas almas
nessa podridão
poesia amorfa
pedra que eles não querem lapidar
para eles tudo é pequeno
em suas mãos e cabeças
rolam cheques e moedas
numa farta mesquinharia
sua visão é embaçada

muito longe se aspira a felicidade
pois neles tudo é reles
seu crânio de micróbio
sua pele de paquiderme
sua ação vital de barata
como porcos na lama
passeando pelo lixo que são suas vidas
destroem o prazer de viver

fúria e folia

me chamo o vento
passeando pela cidade destruída
depois que bombas foram lançadas
e tudo reduzido a pó
na praça aberta
sou um colar de livres pensamentos
quem quer comprar o jornal de ontem
com notícias de anteontem?
nada sei
apenas vivo a perambular
uns trabalham por dinheiro
outros por livre e espontânea vontade
eu trabalho para o nada
espalhado pelo chão
sou solidão a dançar
com a língua no formigueiro
ando ando ando sem parar
na poeira dos fatos
nas transparências
as ruas que o digam
viver é fúria e folia
rumo ao mágico

fractais I

A cidade vista do alto.
O Rio ensolarado.
O Rio cheio de sol.
A cidade entre o mar
e a montanha.

A cidade vista do alto
de um tapete voador

Quem não tem seus podres?

O olho do pássaro
material : borracha.

Sob outra luz
necessário mapa.

A cantora cabeluda
na goela da baleia
começa a meditação:
uma bossa é o que
surpreende sempre
sem fronteiras
nem limitações.

O artista,
pimentas:
surpresas no mundo.

Ir ao fundo
tocar com a mão a lama
descobrir o diamante escondido:
lapidá-lo.

∽ ∽ ∽

múltiplo

eu sou um
eu sou vários em um
eu sou flecha
eu sou alimento para sua cabeça
eu sou o que sou
farol
brisa
sol
bússola
dia
noite
visão
motor em contínua mutação

duplo

eu e minha sombra
na poça d'água
na lama
no carnaval
no circo
no disco a rolar
no alto-mar
no deserto dos dias
no negro de nós
eu ela
a voar
juntos a brincar
conforme a luz
jogo de amar

há verde por entre os azuis
ocre nos dedos da mão
algum prata sobre os telhados
algo louco perto das nuvens
nenhuma dor aos músculos
alguma brecha para os lábios
nada na orla
a não ser o mar
ao olho
o olhar

canção

não beba do trago deste passado
ele é osso duro de roer
inventa o imenso presente
assim é melhor viver
alguma opção
para que nosso amor
não seja em vão
algumas flores brotem
no cérebro
na imaginação
alguma coisa então...
seduz o mundo
ele te diz sim
ninguém gosta dos fracos
os fortes sao mesmo assim

universo em contramão
tudo cheira a extrema solidão
tira logo a carapuça

e mostra canalha
o guardado coração
por uma mão aberta
passa uma canção
um néctar novo
sem rima
nem solução
ser artista
piruetas no trapézio
bananeiras no calçadão
roleta russa
jogo de facas afiadas
olhos abertos
ouvidos atentos
uma canção
passa por entre os dedos
de uma mão aberta
e dinamita o otário coração

luz da manhã
você abrindo a porta
depois da noite morta
tudo é flor
meu Rio maior cor
acende rápido
um beijo em pleno asfalto
se abre em rios
luz da manhã
caminho
ruas vazias
na varanda filtra o sol
alegria!
outra paixão
linda luz
entre mistérios
decifra-me ou devoro-te

nova canção
na luz da manhã

infinito amor

qualquer réstia de luz
para mim é sol
iluminando minha estrada
tem coisas que a gente grava
não esquece jamais
enquanto vida tudo
só os momentos dizem
o que se passa entre nós
nada nos apagará
dois corações
uma palavra só
amor

sob um sol denso
o dia começa violento
embora não tenha acontecido nada
logo de manhã
ligo o telefone
ouço sua voz
desligo
risco seu nome de mim
por mais que eu queira
por mais que eu tente
difícil alcançar o azul
por entre paisagens pessoas
vou passando pela cidade
nada me agrada
mas quero seguir...

toma um copo d'água
começa a viagem
atravessa a avenida e o sol
como uma rajada de metralhadora
corta a tarde de verão
avança num voo plano
dançando sobre a cidade
abrindo a cortina fechada
saltando as crateras da lua
numa fome de primitivo
abocanha a aventura e quer mais
espalhando surpresas no mundo
num tempo dissonante
girando o eixo da Terra
numa metade da metade
do inteiro repartido
semente poesia paixão e ciência
tudo o que é triste parado
explode no ar
numa dança do ventre

tecido de palavras
uma a uma
umas em si
no entrelaço do sol
na areia
na folha no chão
tudo é brusco
no desenvolvimento
que por saltos assombra
o mais sensível
divago e volto
ao ponto principal:
escrevo entre sombras o dia
melhor ser solitário
que infeliz

a falsidade não reside perto de mim
ela é um câncer
corrói tudo
só dá margem a mais
eu sou aquele que vê o tempo passar
num banco de jardim

na sequência

Por entre os edifícios enfileirados
Passa uma corrente mágica
Eu e minha guitarra imaginária
Mandamos sons pras galáxias
Enquanto a tarde cai
Nenhum ai
Com a noite
A tempestade vem
Depois de um dia
Cheio de mar e sol
Com a noite
A tempestade vem
Na luz do dia
Vejo a noite
Na luz da noite
Vejo o dia
E entre balas
Bombas e beijos
A vida é um baile
Feito para se dançar
Se nosso amor é real
Não sei não
Mas de vez em quando
Acho que sim
A verdade é que hoje
Para mim tanto faz
Na sequência
Sempre acho que sim

~ ~ ~

um dia na vida
uma peça de estimação quebrou
crianças brincam no parque
bombas por todo lado
velhos vomitam e dormem felizes
o incêndio queimou tudo
o lago apodreceu
céu cinzento sinto força e tristeza ao mesmo tempo
uma garça voa e bate o bico no avião
digo sim
levo um não
tento coisas em vão
tudo hoje tem
tem um quê de corrupção
um tempo sem mais ou menos
tempo cruel

~ ~ ~

coração qualquer

meu coração balança por nada
dança por tudo
às vezes não mexe
não para um segundo
reflete
pisca
não dá sinal de vida
é maior do que eu
é tão pequeno que tenho que procurá-lo
não resiste
cochila
diz alô quando dele me esqueço
todo dia é dia de pão e festa
de sim e de não

de batalhar e de ter
de ser
meu coração é uma minhoca
que na terra vive a entrar
e de tanto fura e perfura
termina num anzol de pescar

barraco

choro
você dança
penso nas piores coisas
você delira sem parar
eu quero ser útil
você proclama inutilidade
eu berro não
você diz sim
o que fazer?
nada a fazer
você bate o telefone na minha cara
fico tonto
não está à venda um coração
nem se faz à toa uma canção
quando tem um, falta o outro
na hora "H" é tudo breu
quando tem um falta o outro
depois é luz total
você grita
eu canto
o mundo explode a cada hora mais e mais
você grita
eu canto
todo o tempo mais e mais
e nós?

∼ ∼ ∼

cabeça divina

tudo é luz
tudo em ti é luz
eu figura escura
a te endeusar
tua luz me alucina
tua cabeça divina
tudo em ti é para cima
eu figura escura
a te endeusar
tudo em ti é luz
eu no meio do azul
a te mitificar
tudo em ti é luz
eu figura escura
querendo modificar
na tua luz me banhar

∼ ∼ ∼

MUROS GRAFITES
METRALHADORAS DA NOITE
DESENHO UM CORAÇÃO DE CANETA
PRÓXIMO AO VERDADEIRO
NÃO CUSTA NADA APOSTAR NA SORTE
NUMA SEGUNDA AMARGA E DESDENTADA
OS REBELDES TOMAM POSIÇÕES ESTRATÉGICAS
DEFLAGRAM O SOM NAS CAIXAS
MISERÁVEIS NAS RUAS SE BEIJAM
COMO NUM CLIPE NO MEIO DO TRÂNSITO
BAILARINOS
AVANÇAM SOBRE A CIDADE MARAVILHOSA
IDEIAS EM CHAMAS
TUDO O QUE GUARDADO ESTÁ

TODO DIA ESTÁ ASSIM
POR QUE NÃO MUDAR?
POR QUE NÃO MUDAR?
POR QUE NÃO MUDAR?

≈ ≈ ≈

meu olho esquerdo no seu direito. faca da tempestade diária da barriga a criar sons da fome, na superfície nada-se. o senhor e a senhora tão cansados de saber que quando o telefone não fala mas tem macarrão na geladeira apagada na tomada da central é possível viver. há um olho no satélite e outro no portão e por aí adiante. não deixar que fiquem arcaicos em nós os sentidos, os sentimentos simples. por que não pulos? topar o salto gravitacional. é preciso referências para dar na cabeça. é preciso achar um jeito de swingar em volta. começar a limpar. chega de saber uniformes por múltiplos ares. e se não der de jeito nenhum, de forma nenhuma, vamos armar barracos. vamos entrando a casa está toda aberta. os guerreiros querem lanchar o pão que o deus frio amassou no circo morno do diabo quente. com quantos paus se faz uma canoa? fios desordenados por toda parte. onde plugá-los numa boa? sendo, nós, os fragmentos do fragmento porque querem reduzir mais e mais os campos da nossa atuação? é preciso espalhar sementes. como queremos pensar em frutos se não se pensa em semear nada? algumas questões. na batida. devassar a harmonia. será que ela se segura no salto? vai ver que sim. e se não, é outra. e outra é outra é outra e ponto. sua pistola brilha ao sol da sombra do coqueiro. e assim vai a estória se desenrolando em história. porque não estraçalhar com os dentes essa fatia de problemas fazendo abrir caminhos frente à inércia? será o Benedito essa estúpida canção choramingueta? nunca se amarra uma outra maior. na hora que tudo se amarrar direito, nossa vida vai ficar que é uma beleza só. é preciso mexer nesse coágulo de dificuldades imutáveis. ninguém é de ferro. tocando e escrevendo nas estradas do mundo. indo fundo na cabeça. ela é linda e se mexe entre os miolos de um copo d'água quente. pode ou quer mais? A linguagem militarista fracassa. na passarela hoje passa um pião tonto que vai e volta e vai. por que não uma vida melhor ou seja uma fusão de escolhas e processos que entrem e saiam de um jeito contemporâneo sujeito a falhas e extensões? as ruas provam isso: não há diferença nenhuma entre cultura e diversão. é necessário e não fuja ao traçado que ameaça sumir de um desenho dançante que exala do lixo e respira flor. cuidemos do jardim, de tudo ou quase tudo. pense em nós. nas nossas vidas, no nosso tempo. o som pode rolar mais legal. pegar a brasa nas cinzas e acender um clarão. o sonho subdesenvolvido é pouco para tanta chama. engatar o processo. não deixar a expressão se encolher mas sim inflá-la ao máximo para o voo crescente do balão furado ao meio pela poesia por entre as plantas, em mim, nos nossos corpos, na foto dela no jornal, no vento, na luz dos automóveis, no jeito utópico de olhar o horizonte, na brisa, no cano por onde passa água, no olho mágico do dia, na felicidade, no outro. o mundo explode cego e tem que atingir a visão. do fora de foco ao foco.

∼ ∼ ∼

uma noite no deserto
eu você
no meio dessa desolação
luz chapada
jaula aberta
bicho solto
querendo dentadas dar
sensações lunáticas
nós dois
uma noite no deserto
constante contemplar
brisa solidão
forte paixão
louca erupção
discos a voar
sensações lunáticas
tambores a tocar
palmeiras a rodar
astros estrelas
num riscar riscar

∼ ∼ ∼

o romântico dançando na lama. pés gigantes na areia da praia. piu piu de um pássaro louco. escrevo olhando o mar. por cima dos telhados: a linha do horizonte. crianças comem restos de feira numa sexta entre transeuntes e buzinas. rasgar a cortina e aparecer na cena real. quando as pessoas falam pouco elas se tornam desinteressantes? soltar a voz, correr esse risco e arriscar na nota seguinte como se fosse um salto mortal triunfante. ponto por ponto. num trigal entre sorrisos e beijos. ideias valem alguma coisa? espalhe-as. eu leio pensamentos. a gente come, quanta gente não come nada. isso é o mundo. é preciso insistir na transformação. às vezes certas coisas estrangulam a gente nos tornando opacos. é preciso polir. sem culpas. dança dionisíaca. quero ouvir o texto na sua voz, as minúcias de sons no cristal. o lapidar do canto. quero tambor, boca aberta. alguns beijos. o terceiro olho é um diamante faiscante a brilhar na testa entre os dois olhos visivelmente abertos. o silêncio passa entre os dentes cerrados. na praia uma legião de ratos. meu olhar enfim se fundirá com a linha do horizonte numa longa viagem aberta.

≈ ≈ ≈

a cidade está parada e sem ninguém hoje nas ruas. você me passou um monte de dúvidas e perguntas no papo ao telefone. elas ficaram imprensadas no meu cérebro. soltei-as e creio que renovei. como conviver com leigos e ignorantes? os homens atacam furiosamente no seu desejo. voz longa. diálogo do menino com o alto-falante no poste. a estória das propriedades é sempre ligada à estória dos roubos. convivendo com múltiplas realidades. locações. vertente do pensamento originário rio das contas caminho do mar. espiral luminosa. nada me prende a nada a não ser o rio solar que se abre se abre num clarão. dentro de uma paisagem estupidamente bela move-se uma civilização cariada de altos e baixos. num silêncio absoluto de cão. de que lado você está agora? bombas explodem mapeamento. o som estridente de uma guitarra enquanto tudo implode na tela da tv. velocidade dos automóveis nas avenidas. cortar a cidade em fatias elétricas num mix montagem leitura outra diferença por poros lentes e universos. o outro lado do organismo. nas paredes das palavras. um blues lento. pelas ruas do mundo vou procurando felicidade e sei que vou encontrar eu estou procurando e vou achar eu sei que vou achar. eu tenho uma paixão muito forte por tudo mas hoje também tenho uma ciência que mantém o equilíbrio aceso e nunca próximo ao precipício. espelho do olho porta-voz de uma alma delirante. no amor através da taça do vinho tinto a um jardim seco numa trajetória de lentes frias, normais e quentes. energizados num vulcão em erupção luminosa por poéticos espaços em variados beats que levantam a terra fazendo passar uma brisa semeadora de luzes. o livro vermelho de salomão. absoluto silêncio musical. o dia a dia aberto experimental. o dançarino na mostragem de sua dança. dinossauro de um único olho a ver tudo e não olhar nada. não é não e sim é sim. neste final de século estamos vendo o desaparecimento do humano. sou dado ao desperdício de mim afora. crápulas jogam pôquer madrugada a dentro. alguns robôs e ao longe algo brilha. num monte de lixo escancarado. quando nenhum sentimento vale mais nada, então é o império do fim.

∼ ∼ ∼

tem a poesia uma vida sexual? fax morning Cairo. Dentro da mais abrupta mata ele abre seu arco e flecha e respira fundo. tem gente que não tem texto. cotidianas polaroides. indo na direção da felicidade. agarre-a se ela aparece para você. o relógio dos sentidos. as horas passam falo ando e as coisas são como penso e afirmo como são. eu e meu violão a dedilhar a dor, o prazer dos dedos nas cordas. era tarde ela parte num trem para outro lugar. sobre as notícias esporro o gozo matinal dos sonhos entre a malemolência do sono e a realidade. há um círculo em volta do sol. percorro a cidade com olhos reais. no deserto dos dias atuais não olhe para trás. tem uma vida na sua frente. não use máscaras. é duro atravessar o pântano. embaixo mil crocodilos com a boca aberta esperando a comida. em qualquer situação abrir caminho no tapa ou no beijo. será que sobreviverei aos ventos? sou movido a paixões. pense não pense brinque. o tempo é um tempo do tempo. você tem uma bomba na mão, deve lançá-la. quero morder as maçãs do teu rosto. eles estão em toda parte e destroem tudo. uma interrogação de cabeça para baixo. eu não estou para qualquer um eu não estou para qualquer coisa. estou atacado, de mau humor, sangue quente etc. e tal. mordo o que quero. como fogo se alastrando não há soluções políticas. os humanos quando querem deixam digitais impressas. automóveis rasgam a noite em super velocidade. zero à esquerda. a calculadora da miséria. na escuridão da noite só se via o brilho do punhal. habitantes já não falam a mesma língua. sair dos círculos que prendem. nasci nu e livre. nada me aprisiona. qu'est que c'est le cinéma? você lê poemas em voz alta, ando de moto, a gente chora os mortos e ri da vida. olho parabólico da mente. tudo enquanto novidade é bom. a estrada é escura preta nenhum sinal de luz. entre selvagens sons convulsos cacos. tenho a boca seca, a rosa na lama, a morte social do desejo e o músculo do coração. a poucos me mostro inteiro, a alguns só as transparências e a outros não deixo que me vejam. minha morada é meu corpo. a festa está apenas começando. não é por essa praia. segurar o balanço na pressão. extravasar na batida. tecnologias e lixo andam de mãos dadas. códigos geram prisões. será que dá para comprar pão com o dinheiro que tenho no bolso? um deus pinta quando estamos de frente para o nada. diagnóstico poético científico dos tempos. o mundo e seus obstáculos. dentro do peito pulsa um fogoso coração. alguma luz apagada acende enfim.

∼ ∼ ∼

na minha estrada dias azuis são alguns outros são neutros e assim vai a tarefa de carregar o saco vazio da existência. não estou assim, estou assado. tem que ter estilo. tem que ter culhão e coração. estou na contramão do meu tempo e sigo assim em disparada por vias e voltas em discos e notas em tons e semitons numa ligação direta com o infinito por entre os acasos e acordes soltos loucos e numa doidivana curva parar embaixo de uma árvore e tirar uma soneca e num sonho rápido voar alto até uma bonita galáxia e perambular por lá... os lápis coloridos dão um traçado mágico nessa louca espera que algo aconteça e nada acontece. o perfume acaba enfim o telefone toca e não é nada importante e por aí vai o dia nesse vai e vem tão sem cor e meio azedo. o negócio está ruço. no outdoor projetado na rua alguns traços serpentinos denotam vários caminhos tortuosos no matagal. elementos espalhados sobre a mesa, alguns objetos dão um toque de nada há olhares e bocas comprimidas no frio isolado por luzes, o invisível brota de si para o espaço os riscos as frases os saltos e algo mais ferve na ponta da espada de São Jorge ao matar o dragão. eu estou só aqui na América do Sul ou em qualquer outra parte do mundo. eu estou sem jeito eu estou com jeito eu vou ter que ter um jeito. ligar os pontos ligar os pontos ligar os pontos.

∽ ∽ ∽

talvez

nesta manhã cinzenta
nenhum projeto se edifica
tudo parece abaixo de zero
nesta manhã sem brilho
o ar está vazio
o ar está vazio
nesta manhã cinzenta
nenhuma solidariedade
nada se move
de um jeito amplo
tudo parece
um canyon sem luz
talvez algum anjo apareça
talvez quem sabe algum milagre aconteça
talvez uma força
ajude o barco a ir
talvez as máscaras caiam
e o reino da felicidade se instaure
talvez, quem sabe, nada aconteça

talvez a poeira brilhe
infinitamente
talvez
talvez
talvez

∾ ∾ ∾

alguém e eu

alguém cantando um blues
eu caindo no azul
alguém não me levando a sério
eu numa nuvem solar
alguém morgado
eu linha do horizonte
alguém brilho
eu lama
alguém pedra
eu diamante
alguém flor de crepom
eu João
alguém poesia
eu ciência
alguém num andamento filosófico
eu numa de santo
alguém numa de click
eu piano
alguém viola
eu luar
alguém cebola no olho
eu lágrima no olhar
alguém amor
eu descrente
alguém ruína e bocejo
eu cedo de pé
alguém folhetim e campo
eu romance e cidade

alguém disco
eu borboleta
alguém cascalho
eu sonoridade
alguém sol a pino
eu a pleno mar
alguém beijo
eu sono
alguém prosa
eu verso
alguém na flauta
eu explosão
alguém baderna
eu suave
alguém necessidade
eu liberdade

∿ ∿ ∿

ESCALAFOBÉTICO
SEMICIRCUNCIFLÁSTICO

∿ ∿ ∿

confetes

vulcão em erupção
das lavas
colho alguns diamantes
e ponho na mão da canção
podre pêssego
numa estrada torta
qualquer barco
qualquer rota
qualquer nota
transparente desenho

nada a decifrar
mapa da mina
roteiro no ar
e por que não
qualquer outra coisa?
a vida é música
drama
furacão
é tudo sim
tudo não
nada nunca igual
eu pierrô
você colombina
em que carnaval?
em que carnaval?
em que carnaval?

∽ ∽ ∽

a marchande vira-lata ou a chaleira pum pum pum

compactos voadores. a febre a nos tomar de inteiro. rostos desfigurados. multidões em silêncio. lábios grossos. lamaçal e néon. palmeiras e edifícios. silhuetas dançantes. telefones mudos. balanço. uma boca enorme cospe pus por entre dentes cariados. automóveis espatifados. luzes gigantescas. barulho ensurdecedor. ginastas em exercícios. desafiadores. vendedores ambulantes. encantadores de serpentes. comedores de pregos e restos pelas ruas. ratos passeiam nas bananeiras. girassóis. flores murchas. mendigos roem pães duros. latas, latas de lixo. podridão. gráficas em movimento. trens circulam normalmente. metralhadoras e pasta de dente. samba e água fervendo em fogo alto. as rádios insistem no mesmo som. águas poluídas. moscas e mosquitos. alarme no ar. a doceira mexe os pratos. camelos em fila indiana. cartões de crédito roubados. travestis em guerra. strasses pelos ombros da gorducha. mulas e bois. calçadas, calçadões. balões coloridos. anjos e putas. ladrões invadem casas pelo olho mágico. bonecas ao sol atlântico. candomblé elétrico. engarrafamento. café amargo. aviões e piruetas no ar. bailarinas nuas na areia. cardápios antigos. famintos de barriga cheia. crioulos falando japonês. passistas asiáticos. tecnologia sem pontas.

desesperados querendo compreensão. corruptos rindo como hienas. vísceras. viadutos e mesquitas. deslumbrante azul. barcos alados. bocas abertas. merda e civilização. bombas e bundas. placas, faixas. abstratos e concretos. consertos quebrados. largos e curtos. moradores. promoções. sombreiros e antenas. motos. ondas. toalhas plásticas. tigres de bandejas. elefantes de bengala. reportagens, recortes. citações, máscaras. malandros. pipocas. lanças e flechas. lanchas, lanches. fãs gritam. a boca do cavalo. sombra e água quente. porcos e corações. bandidos e policiais. amigos e inimigos. jacarés e pântanos. devastações. a força gigante. o complexo, o simples. o beijo do artista na face viva do mundo.

∾ ∾ ∾

fractais 2

NÃO ESTÃO CANSADOS DE TANTO ESPERAR?
existe algum lugar neste mundo onde esteja escrito oportunidades?
VOCÊS CONHECEM ALGUÉM EM QUE SE POSSA CONFIAR?
INTERESSA A QUEM A BRUTALIDADE DO PRESENTE.
como manter-se íntegro num tempo totalmente dissolvente?
ONDE OS CONTEMPORÂNEOS?

ir adiante:
diamante brilhando na lama
ir adiante:
água podre correndo rua abaixo
ir adiante:
nada a fazer de tão absoluto
ir adiante:
você saindo de foco
ir adiante:
novas imagens entrando
ir adiante:
adiante do adiante
adiante

∾ ∾ ∾

abre flor todas as suas pétalas
FLOR
todas as suas pétalas
flor
abre

∿ ∿ ∿

diamante negro
escondido no molusco
da própria sonoridade
igual a um perfume
exalando seu odor
mostrando ser
cada hora mais
uma rara flor
aquática dançando
no imenso universo

∿ ∿ ∿

fogo

*falo o que falo
minha voz não treme
nem tremula o ímpeto que nela há
ela é límpida
como o sol
sobre o varal de roupas penduradas
é certa, afiada
não carrega mentiras
essa é sua estrada
não camufla verdades
nem esconde emoções
é linguagem*

buraco negro

olho no visor
dedo no gatilho prestes a atirar
meu coração pulsa por alguém
mas quem? quem?
o mundo está oco
buraco negro
escuridão
dia pós dia
as cidades cheias
uma só agitação
procurar um ponto alto
meditar: tenho por princípios
nunca fechar portas
mas como mantê-las abertas
o tempo todo
se em certos dias o vento
quer derrubar tudo?
de qualquer maneira
crer no amor
na espécie
em outros dias
meu coração pulsa por alguém
mas quem? quem?
o mundo está oco
buraco negro
escuridão

na flauta

parece que a natureza é sábia
todo dia pode ser límpido

a luz está onde estou
claro dos claros
escuro da sombra
no papel pautado
somos a chama
o fogo que atiça
se alastrando
... e tudo está a dizer
que a estrada
é o inverso
carta marcada não dá
jogo aberto
na dança dos sonhos
dentro do vidro dos dias
em volta os desertos
cidade vazia
não há de ser nada
dancemos juntos
esse fim de século
atravessaremos o lamaçal
nos deitaremos na relva
um tempo olhando os céus

∽ ∽ ∽

plac

POR TODO LADO DESTRUIÇÃO
NO MEIO DISSO TEUS OLHOS
IMENSOS SOFRIDOS SEM DIREÇÃO
ENQUANTO A ALMA QUEIMA
ESTALA PLAC E PEDE MAIS...

∽ ∽ ∽

Os novos espetáculos

os novos espetáculos
devem acabar com a ideia do espaço
como se fosse um túmulo
devem tirar a palidez do espaço
devem abrir os espaços
devem irradiar alegria vigor
devem cuidar do corpo
devem ter cabeça
devem ter emoções
devem ir ao fundo
devem ser como a serpente
devem mover atmosferas
devem ter a boca aberta
devem andar
devem ter ritmo
devem ter pensamento
devem ser como a fogueira
devem ter paixão
devem queimar
devem sair do ovo
devem parir
devem respirar
devem aparecer
devem manter acesa a chama do
espetáculo da Terra

∽ ∽ ∽

variedades contemporâneas

Só há poesia e podridão. E vice-versa.
Nada é tão estabelecido assim: tudo vive por
um fio, que se estica e um dia parte.
O estabelecido é pouco interessante.
O bom é misturar mundos.
Todos por necessidade de serem mais livres

serão multimídias ou melhor trabalharão com
várias coisas ao mesmo tempo.
Na TV falam em milhões, bilhões, trilhões de
dólares o tempo todo. E tanta fome em todo lado.
Depois de um dia vem o outro dia e sempre está
havendo um complô.
Que fazer em meio a todas essas contradições?
Pelo vidro retrovisor do automóvel na estrada:
Tudo se arma, tudo se quebra.
Nos jornais políticos se abraçam se esparramam,
se beijam.
O futuro será dos monstros?
Penso em escrever uma série para a TV.
Massacres em várias partes do mundo. Nome: Os individros

Fazer circular o universo adormecido num tempo de melhor viver.
Algo de estupidamente novo há de surgir igual a uma luz brilhante.
Trocar ideias: utopias ou não?
Como conciliar tanto avanço e modernidade com o subdesenvolvimento mais atroz?
Por que quando está nublado ninguém diz que existe o sol?
Sigamos através da floresta dos dias nas frestas da luz.

∽ ∽ ∽

código de explosão

caminho ao sol
desenho sensações na estrada
a desordem urbana é fascinante
num domingo quente
show dos performáticos no asfalto
crianças brincam com revólver de verdade
matam como se fosse de mentira
um careta reclama
a cidade virou mercado persa
na zona do calor
em volta vivem os ciganos
na localidade "os porcos"

homens observam detalhes
vendo a vida passar
água rio abaixo
o dia faz-se imenso logo cedo
ele limpa sua arma na janela
mira acerta alguém
um passo adiante outro atrás
será que para nós tem saída?
mete o dedo nos olhos do peixe para
carregá-lo
enquanto palavras piscam nos monitores
uma canção algumas portas
dinheiro não compra amor
a vida de hoje
para o que der e vier
somos a imunda América
um mundo em putrefação

∽ ∽ ∽

serpente

ela abre o olho
vê longe
através dos filtros o acaso
que se instaura no caldeirão
seus lábios são carne cheia
bacia d'água a se mexer tranquila
chega e é
abrupta beleza de uma rocha viva
estampa um amor tranquilo
numa força brutal
um coração dentro de um corpo
o sol brilha
forte janeiro
o mundo em guerras

natureza viva

você já sabe todos os meus segredos
agora quer minha alma mastigar
eu não sou fera
mas ainda tenho a cabeça esperta
transformo todo dia a água em vinho
bebo de bar em bar
a sede de te ter também
a sede de te ter...
segredos alma corpo coração
mistérios
solto em qualquer direção
como os alimentos não param no organismo
tenho pressa mesmo sem saber que direção tomar
sinto uma grande fome
de ter tudo na mão agora
e devorar numa rápida dentada
esta madura canção

poesia e prosa

qual a novidade
a trapalhada atual?
tá na tua cara de criança
escrito entre riscos de beleza
de assalto toma tudo de vez
o que se passa entre os espelhos da alma
um coqueiro ao vento
tranquilo dia de vendaval
pelo retrovisor
os automóveis voam na avenida
você me chama de selvagem

é o que sou pela vida
acordes dissonantes rasgam as roupas
o eterno ontem
hoje um fósforo queimado
num tempo sobre um monte de dúvidas
pense aberto
aja de coração
verdadeiro e afiado
doa em quem doer
quem quiser segurar a dor
que segure
sou pelo prazer!

∽ ∽ ∽

manifesto

a poesia
a matemática
os espaços
se ganhando
como risco luminoso
no sentido do universo

∽ ∽ ∽

ESSA ARIDEZ
essa paisagem árida
ESSE TEMPO
ESSA DEVASTAÇÃO
ESSE PESO
Esse ar
ESSE DIFÍCIL MOMENTO
ESSE ATRAVESSAR
ESSE CAMINHAR
ESSE NADA

esse chão
ESSE ABSOLUTO VÃO
ESSA BOMBA
essa metralha
ESSA GENTE.

SECO
musicado por Roberto Frejat
© copyright 1989 by Phonogram Prod. Edições Musicais Ltda. / Warner Chapell Edições Musicais Ltda. warner

É TUDO FICÇÃO
musicado por Nico Rezende
© copyright 1989 by Chapell Edições Musicais Ltda. / Phonogram Prod. Edições Musicais Ltda.

O INVISÍVEL
musicado por Roberto Frejat / Guto Goffi e Dé
© copyright 1989 by Phonogram Prod. e Edições Musicais Ltda. / Warner Chapell Edições Musicais Ltda.

POLÍTICA VOZ
musicado por Roberto Frejat
©copyright 1989 by Warner Chapell Edições Musicais Ltda.

COMENDO VIDRO
musicado por Guto Goffi
© copyright 1992 by Warner Chapell Edições Musicais Ltda.

SÓ QUERO CANTAR
musicado por Nico Rezende
© copyright 1990 by Phonogram Produções e Edições Musicais Ltda.

PSEUDO BLUES
musicado por Nico Rezende
© copyright 1986 by Warner Chapell Edições Musicais Ltda. / Luz da Cidade Prod. Art. e Edições Musicais Ltda.

texto incidental PRÓXIMA PARADA
Texto incidental da música Próxima Parada de Marina e Antonio Cícero
© copyright 1989 by Warner Chapell Edições Musicais Ltda. / Fullgas Produções Artísticas Ltda.

AZUL AZULÃO
musicado por Roberto Frejat e Guto Goffi
© copyright 1992 by Warner Chapell Edições Musicais Ltda.

SUPERMERCADOS DA VIDA
musicado por Roberto Frejat
© *copyright* 1992 by Warner Chapell Edições Musicais Ltda.

FÚRIA E FOLIA
musicado por Roberto Frejat
© *copyright* 1992 by Warner Chapell Edições Musicais Ltda.

BARRACO
musicado por Roberto Frejat
© *copyright* 1990 by Phonogram Produções e Edições Musicais Ltda. / Warner Chapell Edições Musicais Ltda.

CABEÇA DIVINA
musicado por Nico Rezende
© *copyright* 1989 by Warner Chapell Edições Musicais Ltda. / Phonogram Produções e Edições Musicais Ltda.

NATUREZA VIVA
musicado por Nico Rezende
© *copyright* 1989 by Warner Chapell Edições Musicais Ltda. / Phonogram Prod. Musicais Ltda.

O OLHO do Tempo

Livro aberto sobre a mesa. Foto de Marcel Duchamp na Washington Square jogando xadrez. New York inverno. Na parede, pôster do filme *Pierrot le Fou*. Na porta do banheiro circundado por um coração, marcado de batom: arte/mistério. Os índios. Os Andes. A América Latina é uma boca cariada, com suas cáries expostamente destruídas. Uma visão é uma visão é uma visão. Um câncer social destrói o corpo do então jovem Brasil. De vez em quando, perambulando por aí ...

Ulisses no penhasco olhando o mar:
"A história ou estória pessoal se dissolve na atmosfera cheia de brisa dissipando o que era peso, nó e abrindo o ângulo da mente para um maior campo. Não tenho ídolos. Essa brisa me leva a viajar pelo mundo todo. Estou aqui e estou em toda parte. Trabalhar e tratar a vida sem golpes sujos. Tenho o pensamento aberto, amplo, quero ser e espalhar essa luz."

Crianças com metralhadoras de plástico atiram para o sol. Pipas coloridas. Outros pescam com finos anzóis. Altas ondas. "Tem pessoas que só veem a vida quando estão bêbadas."

Ambulantes circulam e vendem tudo. O dia vai alto e a vida também.

"As elites no Brasil empatam as transformações que fariam o país crescer alegre, forte! Um dia essa rocha irá se quebrar, se partir e aí um curso natural e bonito das coisas se processará!"

Respira fundo: "O sol é para todos. O que é filosofia? A poesia? A música? A ciência? As conquistas tecnológicas? Se não for para abrilhantar o conhecimento humano, de gerar novos espaços, não serve para nada."

Manda um mantra para o universo. "A canção alerta há um perigo próximo a nós sempre. É preciso ficar atento. Seja para que tipo de perigo: os cruéis ou da paixão avassaladora."
Se joga do penhasco em alto-mar.

O outro lado do mundo. A luz intensa do sol parece querer nos cegar infinitamente. Muda a luz, muda-se o foco: o objeto sobre a mesa, a folhagem etc. Entre o caos e o cosmos: balas, bombas e beijos no áspero cotidiano zero. Do outro lado da rua, na sombra dos edifícios, um homem e seu revólver, um carro forte, alguns transeuntes. Meio cambaleando ele entra em cena e sai sem perceber nenhuma das câmeras e repete o mesmo efeito. O nome dele é... Ela frita batatas no óleo quente da frigideira de salto alto e batom. Um ciclo se abre quando um outro se fecha. Ele manda mensagens para ela na areia através de alguns movimentos de braços.

Ela se acha perdida no meio das linhas telefônicas no quarto de dormir. A máquina fotográfica fixa em cima do móvel não dispara o automático e o automóvel dá partida à cena seguinte. No quadro o machucador de corações faz uma rápida aparição. Ele é mágico. A luz que espalha é intensa. Ao acaso os raios se espalham.

Ela sai do mar em direção às pistas:
"Por que você não me ligou ontem?"
O olho pega uma velocidade alucinante na direção rápida da frente.
Ele: "Sexo é tabu? TV é totem? A vida entre computadores não tornará tudo redundante?"

Uns correm, outros andam na passarela. A linguagem das mãos. Pena eletrônica. O retrovisor do olhar. Sol nas pedras. Uma questão de vibrações.
"Não sou máquina. Escrevo para o mundo."
Grunhido de cachorro preso na coleira. "Por que fuçar o lixo?"
Gente simples da manhã do mundo. Tensões brutalmente liberadas.

"Eu já podia ter dado fim a esse capítulo há muito tempo e no entanto continuo contínuo continuo a trilhar com essa sede dos miseráveis mortais os caminhos tortuosos que se vai desenhando pouco a pouco em algumas silhuetas e detalhes no escarpado corpo da vida. E no entanto, no entanto...
A filmagem tem que começar já e eu me sinto como um pássaro pulando de galho em galho a rodar nesse quarto de hotel. Um charuto atrás do outro. Minhas experiências sexuais foram todas ligadas aos exercícios e voltas que o amor circularmente provoca em nós. Amei muito", diz o personagem olhando a janela nesse fim de tarde chuvoso. Gira mais uma vez a chave da porta temeroso que algo aconteça.

"Me chamo mata atlântica, arranha-céu, o que for... Já tive várias profissões na vida. Sou um faço-de-tudo um pouco. Já perambulei pelo mundo afora. Já passei muita fome. Já vivi muitas vidas. Ontem antes de pegar o avião andando na cidade baixa, olhando a Baía de Todos os Santos, em Salvador senti alguma coisa se abrir na minha cabeça entre os olhos e depois às margens do rio Guaíba vi que portos dão a ideia do triste, por isso criaram Porto Alegre.
Sou louco. Vivo as calmarias e as tempestades como a fúria de um búfalo num desejo incessante de luminosidade. Me sinto como uma escultura que foi tolhida na madeira. Meu centro não está em lugar nenhum e sim na minha cabeça. Ando pela estrada, sem pé nem razão e é do zero que tudo começa. Será que vou chegar em algum lugar?"

"Quando vi era tarde demais e estória nenhuma no caminho e tinha que continuar a trilha. Hoje acordei pensativo e aos poucos vou me inteirando das situações: acabaram de assassinar um homem ali na esquina do mundo, uma bomba logo após." Esse é o jornal contemporâneo do presente.

A vida na aridez, no ar árido, nos conceitos áridos e nos espaços áridos. Algo batuca dentro do crânio e ele e ela fodem sem parar no quarto trepidante e celebrando o sexo. A porta se abre o os dois sorridentes, exaustos saem do leito, transitam pelo apartamento deixando passar um ar que foi bom demais!

Os caminhões devoram o ressequido asfalto num vai e vem contínuo. O ouvido dele é um ouvido-olho e o olho é um olho-ouvido. Capta e transmite imagens e sons. Uma TV sem estar ligada é um objeto frio, feio e horroroso. Parece uma grande pedra de gelo. Ontem à noite ela ligada era só bombas numa contínua explosão. Era terrível o filme. Parecia o fim do mundo. Quando desligada uma serenidade rastreava o ar da cidade e adormeceram juntos.

A mão humana. O computador. Um telefone toca no meio do deserto. Num barco em alto-mar eles estão cercados de famintos tubarões. O que fazer? A vida é para ser saciada gole a gole. Entre os dedos escorre uma linha de sangue arrancada com os dentes. Tudo parece intacto e sem transformações nessa paisagem de bolo cristalizado. "A miséria do humano estou sentindo ela dentro de mim."

Como a música que vem de fora e toma o espírito da casa. Crianças convivendo com a mais brutal e cruel realidade de relações humanas do mundo. Elas saem correndo das casas para baixo dos automóveis. Em busca de gasolina e álcool. Cheiram, cheiram e completamente tomadas elas cantam uma música infinda. Aos poucos vão morrendo nos dias. Eram dez agora são dois. Vão indo e vão chegando. Esse é o outro lado do mundo.

Um cheiro quente de sangue sai das torneiras no chão. Uma miséria abrupta vaza dos olhos de todos para o infinito. É o fim. O terror da guerra. O zero. Onde tudo é marcado, tanto o início como o fim. No beco o homem desce a calça e dá uma cagada no passeio. A sandália japonesa já mais gasta do que o permitido só sobrando a tira de cima e uma pouca borracha como base. Um gato do mato corta o gramado verde andando lentamente. "O que tira gordura da panela, você sabe?", ela pergunta ao rapaz, e ele responde "acredito que soda cáustica".

Quando valores culturais se chocam se, eles se chocam, porque têm que se chocar. Ela andando à beira-mar no Taiti, no Arpoador, no Leblon.
Folhas secas no chão. A natureza recicla a própria natureza. O estado mais puro do indivíduo é o estado primitivo do ser. Feixe de galhos, cacos de vidros. O olho faz um zoom rápido sobre as formigas. Uma lata enferrujada na terra deixando uma parte

sua exposta ao sol. Sombras montam um mosaico de imagens recortadas no chão. Há um cheiro nada agradável de percevejo no ar e de repente um centro mágico aparece iluminado e poderoso. O cérebro denota alguma maldade que não chega perto devido à antena maravilhosamente instalada e que detecta e quebra qualquer míssil ruim dirigido a ele. A comida é pouca para tanta gente. Miseráveis se amontoam. Como restos de alguma coisa nas ruas.

Hoje ele morreu. Atravessa o olho mágico e começa a filmagem. Ele, o admirador da luz, quilometragens de sexualidade. "Minha capacidade de trabalho é enorme. Preciso criar melhores condições." Um besouro preto entre flores vermelhas. Noite azulada. Um violão seco brilha na iniciante manhã. Popeye procurando Olívia num café em Paris esbarra numa mulher e diz: "Afaste-se de mim, Alice B. Toklas", deixando Gertrude Stein completamente injuriada.

Britadeiras em ação.
"Meu trabalho é um desafio a mim mesmo sempre. Quando um tempo se fecha, outro se abre no coração sertão da canção."

"Ele parece que gostaria de me mostrar alguma coisa que não aquela paisagem noturna", diz ela toda escabriada dentro do carro. "Mais uma volta e a vertigem seria uma certeza. Já estava tomada pelo sono. Afinal ontem tivemos uma noite de bebidas e sexo. E hoje durante o dia não parei de trabalhar. Quando saímos para ir na casa daqueles amigos eu já lhe avisava daquele cansaço que me tomava por inteiro." "As avenidas eram largas e o carro avançava na noite enluarada. Isso é só um fragmento do texto que terei de memorizar para minha apresentação no curso de interpretação da escola na próxima semana. Tenho recebido convites para fazer TV e isso tudo vem a calhar. Devo fazer a peça *As Sorumbáticas*". Ao longe a visão do mar é uma miragem instigante do olho no horizonte.

O coração foi flechado e partiu-se em dois no momento em que ele crescia abertamente. Outdoors. Em toda parte bastou você se manifestar mais livre surgem logo os fiscais do comportamento. Um pássaro observa o canto do outro.

Ela, com os olhos esbugalhados para fora da órbita comendo as próprias vísceras. O cavalo encosta a cabeça no muro e pensa. Urubus. Acorda assustada. Contêiner. Ele indo na estrada comendo e atirando os restos pela janela do carro. Para ele não há regras: é verão. "Vendo balas nas ruas, sou atleta do coração." O planeta está doente. A solidão das árvores num campo queimado. No meio da queimada surge um homem comum. Homens flutuantes no mar. Negros de paus enormes. O diabo está solto. "O pior é quando você tem que passar pelos círculos de fogo.

Uns têm tanto, outros nada, assim são as coisas entre a vida e a morte nos cartões postais. Da boca da serpente gigante sai um grande facho de luz. Sob um fundo azul cobalto ela tirando a roupa: "Já passei tanta fome, estou calejada. Queria ficar nua no meio do mato. Selvagens formigas a me picar o corpo todo. Acende esse cigarro, passa para mim, quero delirar. Todo mundo é médium, por isso há o amor."

Ela acorda numa poça de sangue. Na TV um labirinto visual deixa a indagar: o que houve? Sua imaginação está outra, mais aberta e ao mesmo tempo levando a nada. Ele sai da posição de O *Pensador* de Rodin para um vácuo de movimentos ininterruptos. Uma cortina rasgada compõe o cenário embalado pelo vento. "Eu sou aquela que se transforma, aquela que voa..." O relógio do tempo parou e nada mais diferencia o certo do errado.

"Ontem não comi direito. Anteontem, nada. Hoje acordo sem pasta de dente, sem desodorante e sem dinheiro nenhum nas mãos. Quando uma coisa quer te estrangular, o que você faz? O que me motiva a fazer coisas é a vontade de prosseguir na estrada. Como continuar lutando desse jeito? É difícil e dura a vida para aqueles que não nascem com privilégios, quebrando a cara e rumando a cabeça na fronte dos dias. Me sinto intacto no sentido que não fui e nem serei corroído pela merda mental sul-americana. Dou duro danado. Nada vem de mão beijada. O tempo todo socos na boca do estômago. Mas um dia quero ver os ratos destruídos." As baratas sobem e descem de um lado para o outro nas paredes do casebre.

Ele anda na rua com uma enorme pedra na cabeça enquanto ela nua na cama se masturba sem parar procurando atingir o gozo. Um charuto atrás do outro. Grossas baforadas de fumaça. Um café preto amargo. O quartzo rosa brilha no quarto sem luz. As notícias incessantes na TV dão uma cara cada hora mais negra do mundo. "Vejo imagens na TV sem som. As notícias nos jornais saltam sangue. Na América Latina chama-se revolução a golpes de estado dado por facínoras militares."

Ele dorme num banco de jardim duas noites seguidas as mesmas cenas de miséria procurando um lugar onde o seu ser possa se estender.

As cinzas transbordam do cinzeiro para o lençol já todo sujo da cama. Alguém canta um canto triste e a madrugada é morna e um clima de violência dança na atmosfera geral. Ela é chique e falsa. O seu relógio para na hora que tirou do braço e entre lamentos essa exuberância transborda num mar de lama como toda a civilização ocidental.

O monstro se baba todo e começa a esboçar algumas palavras que nunca se completam. A tua silhueta na sombra da luz da lua é imensa ampliando o corpo perto das ondas do oceano. O calado mistério das quatro paredes do casebre e o mapa múndi onde as baratas passeiam de um lado para o outro.

Ele procura alguém no lixo, nas latas cheias de coisas podres nas ruas. A sua imaginação não cristaliza nada, ele monta caras, mundos e paisagens. Carrega a pedra do pensar livre, nunca deixando que o cimento do raciocínio trave o seu delírio, deixando alguma luz onde só há escuridão. Quando o sinal abre os carros partem numa grande velocidade. Ela, atônita no meio da rua, na fila do banco e uma grande fome começa a tomar conta do seu corpo. Ela detesta comer sozinha. Comer é um ato tribal. Olha para um lado, para o outro. Ninguém à vista. É hora de atravessar a rua, a vida e partir para outras coisas. Come um sanduíche rápido. Retoca a maquiagem novamente. Depois desmaia num sono profundo por causa do calor de 40 graus. Ela sonha uma nuvem branca, voa. Acorda indisposta. Fixa o espelho, a janela. O telefone toca. Algo trivial se trava. Resolve ir até a praia, mergulha e pronto. Ela sabe para onde quer ir. Homens atravessam o caos contemporâneo com suas metralhadoras giratórias a destruir tudo. Ela, depois de dar a volta ao mundo diz: "Mas isso é o mundo?".
Ele aproximando-se da câmera: "Tem muita gente querendo quebrar a minha força. Sinto no ar isso. Mas não conseguirão de jeito nenhum. Nem todos, se "eles" uma hora tentaram se juntar não conseguirão. Nunca!"

No computador, a análise de um cérebro a cores de frente e de cada lado num lance quase musical de sequências informativas dos detalhes. A janela do hotel, a avenida, os néons. Tudo enfim é mágico nesse passeio por outras cidades do mundo que não essa. É bom e prazeroso viajar por outras portas.

Ele salta do carro e gesticula energicamente para ela descer. O dia promete ser longo, sem compromisso. Vamos através da ponte entrando nos mapas cheios de coisas, fatos etc. Embaixo de uma árvore, um pensamento filosófico acerca do universo e logo nos restabelecemos para prosseguirmos no acaso.

Um *travelling* longo insinua uma viagem, uma trilha e logo corta para diálogo da menina na loja da aldeia a comprar balas e no incessante questionar do novo. "Penso ser o mundo não uma bola mas uma reta que nunca se chega a lugar nenhum ou se você já tem a direção certa é fácil o rumo."

"Afinal onde você quer chegar?"
"Creio que a lugar nenhum, mas sempre chegando a novas coisas, sensações etc."
"Estou chocado com o que vejo diariamente no meu voo. Estou ilhado nas minhas observações. Minha sensibilidade fica arrasada. Não sou cafajeste a ponto de só curtir o agradável. Fico paralisado às vezes e tenho que prosseguir no meu sonho de vida."

A paisagem é seca e alguns cactos dão um toque de escala musical nessa estourada luz sem sombra. As câmeras quebram e teremos um descanso de filmagem até chegar a água que se esgotou ontem no meio do delírio fora de foco do trabalho no deserto.
Ele: "Deus?"
Ela: "Não sei."
Ele: "Dúvidas?"
Ela: "Não, loucura mesmo."
Ele: "Tenho medo..."
Ela: "Não tenha."
Ele: "Sou um prato raso. Estou sempre à vista. Não tenho onde me esconder."
Ficam parados um de frente para o outro até o desaparecimento de toda e qualquer imagem na tela.

A tela em branco por segundos: o olho, a batida do coração. Gráficos *nonsense*, tomam tudo num ataque epiléptico de ideias, formas e sons.
"Estou zonzo. Preciso descansar desse caos em que minha vida entrou. Estou num parafuso de situações. Preciso relaxar..."

No meio de gravetos o negro caolho. Congela a imagem por segundos, entra texto por cima: "Tem uma hora na vida em que a gente vai se deliciando com as ondas depois vêm as quebras, os pesos, as responsabilidades e quando a gente percebe mais, vê que várias coisas já passaram, pessoas já se foram e aí bate tudo e se você não se segura você dança, pois tudo baqueia e o entusiasmo vai para as cucuias. Como seguir adiante? Como caminhar no lamaçal? Como sobreviver quando tudo começa a ser posto em xeque? Questões que, quando são levantadas, podem te derrubar na devolução dos pesos ao chão. Causando uma trava geral; bloqueando aquela chama do novo quando acende dentro como pode te deixar bem e afinado para novas descobertas. Isso tudo no meio da estúpida desordem mundial e rodeado por tanta desumanidade."

"Quem será?" Alguém bate na porta ansiosamente. Círculo azul de luz. Ela no quarto escuro sente a noite do mundo.

Numa cela pequena ele, acuado, rói as unhas, as mãos sem parar.

Ela: "Sonhei que era verdade. E é tudo mentira." Desespero. Aflição. "Você não telefona. Não dá notícias, arranco cabelos, me bato, belisco o corpo todo."
As baratas sobem e descem nas paredes do casebre sem parar.

Ela, no volante do carro último modelo, está com uma cara que parece que está fazendo cocô, e ele junto a tirar melecas e a jogar pela janela do carro para fora. Tambor. Bate um tambor. Ela grita, ele uiva, eles gozam.

É de manhã. A cidade hoje está fora de forma depois do jogo de ontem. Foi uma festança! Bares cheios. Alegria espumante. Tudo parece com outro jeito hoje. As cidades do mundo. O mundo. O viajante do espaço. Não existe segurança em lugar nenhum. Nenhum corpo ou um copo desliza de dentro do ônibus em movimento. A cidade é assim; é esta. Em volta o embrulho igual a um presente quando se compra para alguém. O dentro é duro. Cheio de marcas. No asfalto e no geral dela. O cotidiano é igual a um pequeno jogo. Alguns lances e marcas. O rosto apresenta uma máscara amarrotada ao sol de todo dia. Nas filas, no amor, nas compras.

Ele delira. Ela pensa. A sirene apita sem parar. Deve ser algum doente ou um grave problema urbano. "... e se o fogo se alastrar?", grita alguém na multidão com uma garrafa de rum próxima aos lábios. São tentações várias, ininterruptas, e isso é apenas o começo do filme de várias horas. Corta para outra sequência.

Na ladeira crianças escorregam como num tobogã. Cães famintos. O luar da noite negra. Sons de TV vêm dos apartamentos próximos. Um disco voador paira e passa na paisagem do espaço. Filmando tudo ao mesmo tempo. Questões técnicas: lentes, filmes, trocas etc. e tal.

Ela boceja ao ver o lobisomem que sai de trás do cenário de bananas. Ele diz: "pronto" e segue. É um aviso. Há um clima chato e decide-se parar até pintar um astral melhor. Começa a tempestade. E tudo voa. É um desafio atrás do outro e o projeto tem que continuar custe o que custar. Há uma expectativa no ar e a produção inventa reuniões sem parar. Descanso. Os artistas olham o poente enquanto uma outra turma toma conta do maquinário. É estranho o universo de quem trabalha, às vezes uns, às vezes outros. Tem um tempo, um clima e uma ação em tudo. Alguns se maquiam e outros nada fazem: é estranho tudo isso a girar na sua velocidade.

"O inferno de Dante é aqui", diz o ator mendigo aos berros durante o lanche. Moças, pernas, pessoas passam e uma trilha sonora inunda o ambiente.
"É preciso tranquilidade", diz o assistente do diretor enquanto toma um café rápido no copo e pronto.

A viagem é longa em volta do mundo. Tem muitas paradas, portos, gente e é preciso flutuar para não generalizar o olho, o gosto, a mordida na maçã. O trem atravessa o set de filmagem numa velocidade doida de um trem-bala em Tóquio. É um ensaio de uma sequência longa onde entre outras coisas aparecem índios aos montes, edifícios em construção, bolsa de valores e o mundo numa infinita circulação de fatos e caos. "Eu sou gente", grita um boneco numa vitrine ricamente iluminada. Uma fábrica de aguardente, os operários, os rótulos. Um avião passa baixo entre nuvens de algodão.

Ela quer passar o texto.
Diz: "Não estou tão ciente dele inteiramente." Os atores se agrupam, começa a sabatina do texto. Sucos de cenoura são distribuídos. Alguns dados e elementos vão dando mais charme à área em que a cena se processará. Um capítulo com textos sobre religiões e as diferenças se sobressaltam como estandartes colorindo o estado e os espíritos diversos no assunto. Tem coisas que dão certo logo e outras às vezes ficam pendentes até uma hora sair e brilhar.

Um beijo na boca abre a grande cena. De um close para um grande plano. Atores se mexem. Câmeras, gruas etc. Corta. Começar tudo de novo é a ordem. Um dia de filmagem, um dia no satélite, no espaço, um dia na confusão urbana. Anotações. Isso é um filme ou um ensaio? Ninguém sabe. Todo mundo entende e não entende e vai-se levando.

Ela: "Estou interessadíssima em mitologia grega. A Grécia é demais! Viajo longe no barato deles."
Ele: "Eu estou pensando em comprar um automóvel novo. Um zero. Não sei quando. Mas é bom sonhar!"
Ela chupa um pirulito e depois refaz o batom.
Ele põe a mão na cabeça: algumas contas para pagar e pouco dinheiro na mão. Amassa um resto de biscoito no envelope e segue pela rua limpando os dentes com os dedos. Avenida larga. Carros. Sinais.

"Tem um pedaço que não consigo memorizar. Me sinto bloqueada naquela cena na sala de enfermagem cheia de pessoas mutiladas pela bomba que estourou. Tenho que tentar muito."
"Você conseguirá", diz um ator novato no ambiente e que fará também uma participação naquela cena. Plantas são colocadas aos montes no chão. Trilhas são construídas de pedra.

A filmagem é um jogo. Filma-se diferentes coisas pensando nas sequências. Os atores têm que se virar. Às vezes uma coisa do meio, outra do início e outras medianas entre situações diversas. O roteiro também sofre modificações conforme tudo vai andando e crescendo.
E é preciso ter muito jogo de cintura nessa jogada. Nem tudo são flores e sóis, há trevas e furacões. É necessário estar no barco e dançar a dança que aparece. Roteiros são

pontos de luzes para a visão da liberdade da criação. Eles se ampliam, se alargam, se modificam na troca entre a imaginação e a realização delas.

Ela: "Quero crer que tudo aconteça como ontem pela manhã. Nada sobrou do peixe, das frutas. E é bonito você fazer uma comida e ela ser devorada pelos que têm fome."
"Mas isso é demais", diz ela a se equilibrar num fio. "Meu sonho é ser trapezista. Desde criança persigo essa ambição. Sou forte, sou guerreiro. Um dia chego lá. Ninguém é amigo de ninguém", afirma rindo.

"Delírios, delírios como é bom levar a vida assim. Estou andando na areia branca da praia e sinto como se estivesse andando no solo lunar. É a cabeça. Ela está aberta, livre e solta para estas sensações.
Ele: "Sou como um gigante a olhar tudo. A dimensão da minha compreensão é grande e não quero ferir ninguém. Sou um gigante com jeito de anjo."
Uma montanha russa. Um cassino cheio. Um show de vedetes.

Alguém grita: "Agora vamos rodar mais uma. Vamos ver se até a noite algumas partes estarão prontas. É um trabalho metódico e cheio de detalhes esse. Por isso é preciso toda atenção nas mínimas coisas.
Ela: "Às vezes confesso-me desatenta e distante. É preciso levar um toque e tudo volta ao seu lugar." Cada plano é um plano. Roda claquete. Roda pião e algo mais se escreve nas coxas no espaço aberto. Ela prova vários vestidos num cadenciamento de idas e voltas frente ao espelho. Tenta uma definição: "Sou assim rápida e certeira. Mas também muito indecisa, me decido às vezes conforme alguma afirmação de algum olhar."

Uma explosão enorme seguida de um arco-íris é a paisagem agora. Ela tem a cara de uma galinha. A ave mesmo. Não era mole. Era igualzinha. Ele igual a um jacaré. Sempre foi assim. Desde a adolescência. Todo mundo conhece ele por Jacaré. O movimento é igual ao do animal.

Um avião faz voo rasante sobre os edifícios. Pânico. Como é possível um jato tão perto? O dia estava nublado. Talvez problema de visibilidade. Outros afirmam "é a guerra". "Já começou". Ela, melancólica a desenhar embaixo de uma palmeira a sensibilidade lânguida do traço fino no papel. Ele a gritar. Bebendo e berrando as maiores asneiras. Ninguém aguenta mais. Uma mulher reclama: "Meu ouvido não é penico!" Estoura na gargalhada seguida do bar inteiro. Na TV uma luta de boxe violenta. Socos, nocaute e sangue. Virando a grande enciclopédia dos tempos uma anciã respira fundo e segue adiante. Um copo d'água junto à vela acesa.

Quadro seguinte: a vida nos campos e a vida nas cidades. Ovelhas e automóveis. Riachos e edifícios. Cidades e campos e vice-versa também.
Ele: "Nos centros urbanos só acontecem crimes, violências, extremismos e terrorismos."
Ela: "Estou farta de tudo. Não me sinto tranquila em lugar nenhum, nem com ninguém. Não suporto mais nada."
Ele: "Vamos caminhar saindo da cidade até outra cidade e os campos e assim por diante. Nada ficaria monótono. Vamos?"
Ela desmaia. Close num ramo de flores sobre a mesa.

Série de slides sequenciados disparam pelos monitores instalados em vários ângulos. Alguns tanques de guerra, pequenas vilas, campos de arroz, ilhas e natureza em profusão. Ele todo paramentado de rebelde no alto da plataforma de concreto armado a falar: "Estou sujo de vida. A vida é assim, ela quer a gente, abraça e não tem jeito."
Travelling sobre o espaço todo seguido de alguns textos em *off*. "O que mais complica é a aflição. Quando você quer atracar uma coisa, ela foge de você e fica um buraco e não se consegue mais tapá-lo. É duro, diáfano e misterioso esse esquema dos laços, linhas da mão: vínculos em geral. Ela me abraça, me beija, me chuta e eu a amo tanto." Ele morre aí. Olha para o lado, para o outro e cai no chão. A câmera dá um close no corpo e segue sequência briga de galos.

Um cágado no verde jardim.
Aristocratas conversam:
1 – "... é o fim das classes sociais."
2 – "Por que você diz isso?"
1 – "Porque é."
2 – "Mas então o que fazer?"
1 – "Nada a fazer."
Os dois caminhando de mãos dadas: "Vamos juntos nesse teatro dos beócios."
Cai um véu negro sobre a cena.

Homem comum: "Meu sonho é limpar o Big Ben. O maior relógio do mundo."
Mulher: "Mas que bobagem a sua. Por que você não limpa o da Central? Dizem que está é sujo."

Faixas de todas as cores com frases aparecem num sequenciamento metralha:
1 – "Tem sentido a existência?"
2 – "... e a barriga vazia?"
3 – "Óvnis existem?"
4 – "Por que os automóveis não param nos sinais?"
5 – "Escolha entre: ser humano ou ser uma besta?"

6 – "O futuro será dos monstros?"

De madrugada ficou muito frio e eles sem agasalhos suficientes sentiram o talento ir embora, então se abraçaram e sem querer dormir logo e assim... Há um mofo nas cortinas do teatro e ela pensa em tirar tudo e deixar tudo vazio e estourado. "Não é necessário cortina quando se quer fazer arte." Esse foi o lema para o local começar a se transformar. Ele chega de um dia cansativo, depois de algumas reuniões com empresários para levar adiante a produção. Come algumas folhas de alface e não para de falar um só instante. Refletores acendem e apagam em testes. Há uma coleção de máscaras no porão e algumas roupas estão podres do mofo de lá. Corta.

Escola de crianças. Elas cantam, dançam. É como um circo. Do lado de fora, algumas crianças pobres ficam a olhar do gradeado para dentro. Poço de petróleo a jorrar. Sertão bravo, seco. Vegetação rasteira. Plano longo. Canto de boiadeiro. Uma paisagem desolada. Faminta. Escuro. Silhuetas se mexem. Diálogo computadorizado de seres espaciais. Entreolhando-se.
Ser 1 – "Você é de onde?"
Ser 2 – "Eu sou dali."
Cabeças imensas se encostam num cumprimento. Pano rápido. A curta e cruel cena tem um sentido e efeito rápido para causar mais impacto.

Ela no seu autorretrato. Ele a cavalo na mata em disparada. Os dois no canto da sala. Uma mão. Um rosto. Os olhos. Pouca luz.
Ele: "Depois de tanta ginástica a gente para e o mundo se mexe."
Ela: "Para que pensar nessas coisas?"
Ele: "Não penso. Elas vêm. Me tomam. São imagens, são canções."
Ela: "Hoje hoje hoje e hoje."
Ele: "... e não ontem." Começam a improvisar uma canção sem pé nem cabeça. Ideias livres que tomam corpo e dançam. Ela acorda política. Ele, preguiçoso. A câmera chicote pula de um personagem para outro. Ela, café preto. Ele, uma fruta. Ela quer as ruas. Ele, o sofá da sala.

Placa: proibido jogar lixo. A moça com a voz mais esganiçada do mundo anuncia a venda de água mineral, depois diz: "Tenho a cabeça oca, nada dentro, só a parte de fora."

Silêncio na noite. Ela sonha com o assaltante apontando uma arma para sua cabeça. Acorda desesperada. A vida vai lapidando em nós a liberdade. Ele, um bandoleiro de estrada nenhuma, sem plataforma de vida. No sertão do espírito: o mundo dos homens ralos. A vida é densa. Terreno baldio. E num segundo a poluição assassina contamina toda a água do riacho límpido há um minuto atrás. Ele: "agora sou índio".

Banhando-se no rio Carioca e nas águas do rio das Contas e depois de algumas braçadas fortes chega num banco de areia no meio do rio, rodeado de água por todos os lados, só com uma pedra no meio, cai e usando a pedra como suporte para cabeça tira uma soneca ao sol a pino.

Eles arrombaram a porta e entraram na casa todos com suas metralhadoras engatadas a mirar nossas cabeças. Foi terrível a sensação de nudez frente àquele arsenal bélico a nos ameaçar e a nos deixar sem fôlego. "Os exercícios à beira-mar ontem foram superprodutivos, diz ele, tiraram-me o desgaste físico que parecia grudado a minha pele há um tempo já. As visões são outras agora. Depois do massacre que assisti no armazém de arroz tudo agora é beleza junto a você nesse domingo. Minha boca já não tem mais o gosto amargo, e ao tocar os seus lábios uma deliciosa química de atração se realiza na roda-gigante desse dia dentro do movimento do tempo."
Uma gota de colírio e a íris se agiganta depois da pancada na porta de vidro da entrada do jornal. Ele não quebrou a cara, mas bateu feio num lado do rosto refletindo no globo ocular. Meio olho de gato por entre a armação de ferro da escada.

Ela: "Na outra encarnação fui uma concha semiaberta. Alguma coisa que aparecia e desaparecia dentro d'água como num sonho."
No minúsculo quarto, ela se contorce toda igual a uma cobra, explorando o lado réptil nos seus domínios.

Hoje nenhum plano especial. Um passa passa de um lado para o outro. Personagens fantasiados se exercitam. No centro da cena, um caixão fechado. O trabalho ainda não começou. Conversam, comem sanduíches etc.

Luz difusa entra pela janela do quarto. Ele, taciturno a pensar. Olhando por um olho. Por um único olho. Olho mágico da vida. As horas passando. Um cigarro atrás do outro. Ele ainda se lembra dos militares arrombando a porta do apartamento dele. Ele, mais um cigarro: "Torturadores dizem que não fizeram torturas. Torturados querem esquecer a dor da tortura. Quem fez em quem? A palavra tortura é uma tortura."
Era noite. Tinham se amado e cansado com todo aquele cotidiano, caíram exaustos, cada um para um lado. Foi um susto! A porta sendo arrombada. Várias metralhadoras apontadas para as cabeças deles. Socos, pontapés etc. Ela tinha ido passar uns dias numa casa de amigos na serra. Estava lá, teve um sonho com ele. Ele todo ensanguentado, pendurado de cabeça para baixo.
Um horror. Acorda gritando. Pega as coisas rápido e desce de carro a serra. Quando chega no apartamento. A porta entreaberta. Ela adentra. Em cima da cama ele e uma amiga trepam sem parar. Ela, desesperada, sai correndo, bate a porta. Atravessa a rua até a praia. Se joga no mar. Quer morrer, ir embora.

O mercado das coisas podres tudo pendurado, à mostra com seu fedor.

A cena seguinte é a implosão do velho edifício. Todo o quarteirão foi isolado. Bananas e mais bananas de dinamites tudo, pronto. Explosão.

Ele cochila sobre uma folha de jornal. Misto de personagem e mendigo. Ela frente ao espelho: "Não aguento mais a minha cara. Preciso mudar." Puxando o cabelo para um lado, para o outro. Fazendo caras e bocas. Plano analisa a situação dos paralelepípedos na rua, alguma grama sai por entre os espaços vazios de um para o outro.

Ele e ela juntos no *deck*. Gaivotas, ondas. Em uníssono: "É terrível o espetáculo das desigualdades e injustiças na escala social entre pobres e ricos. Os ricos nascem na *pole position* e acham o tempo todo que só eles podem ganhar a corrida. Os pobres na sua luta pela sobrevivência são reduzidos a uma coisa próxima aos ratos."
Sinfonia aberta ganha o universo. Acordes aberrantes intranquilizam as consciências pacatas e amorfas. Um figurante: "É preciso gritar."
As antenas parabólicas de cima dos edifícios na noite negra da violenta cidade.
Ele com um saco cheio de pedras energizadas a distribuir a pessoas pelas locações, cidades etc. Sempre um texto que sai livre e com uma eficácia libertária. O profeta e seu cajado a espalhar a luz. Que luz? Ela arma um show de mímica no meio da praça. Forma-se um círculo. Ela gesticula, dança, se contorce. No meio do fogo cruzado dos bandidos no asfalto enquanto policiais famintos se babam em frente a uma TV de frango assado a girar. Tudo é mágico. A máquina de pipoca começa a estalar os milhos e enormes flores de pipoca se espalham pelo chão afora.

Os conflitos sociais se intensificam. Tomadas de grande plano. Rostos de populares. Posições e sentidos em tensão constantes. Ele desliga a TV com o pé. Ele, a pensar, organizando os questionamentos: "A violência nas grandes cidades tem mostrado que os códigos sociais capitalistas de distribuição de rendas estão podres, saturados, e a única saída são mudanças radicais." As notícias estão pesadas. Liga o som. Uma atmosfera dançante, gostosa começa a tomar o ambiente e ele vai se mexendo até o banheiro. Remexendo. Liga o chuveiro quente. A água sobre o corpo ensaboado. Ela chega devagar. Vai tirando a roupa. E sem ele perceber já entra no chuveiro. "Que surpresa boa!", diz ele. Enlaçam-se aos beijos e abraços só tendo a água como testemunha. Fazem sexo. Delícias escorrem pelo ralo abaixo. O rádio detona sons maravilhosos enquanto metralhadoras rasgam o dia de filmagem em *travellings* de amor e violência.

Ela deitada na grama, a pensar, se ganhar o prêmio no texto que dirá. Nada muito longo mas algo sublime, que levante o astral geral.

O dia hoje é escuro. Sem brilhos. Na cabeça dele passam-se nuvens cinza. Ele, nu, sobre a cama a espremer algumas perebinhas pelo corpo afora. No ombro, nas costas, nas pernas. Onde tem algum ponto de pus, ele tira até o sangue.

Ela morta de cansaço. Hoje foi intenso. Fez quatro cenas difíceis. A do desfile de modas. A da feira, entre frutas e feirantes. E a outra num santuário. E a última de um assalto a uma agência bancária numa rua movimentada da cidade. Uma grande mobilização. Exige muita flexibilidade de todos os participantes. E, no final, ela morre de mentira. E está morta de verdade, de cansaço. Cai de roupa e tudo num sono profundo.

Ele, atleta musculoso, se achando o rei da cocada no meio de um sonho terrível acorda aos gritos. Ela, linda e nua, na cama. Espreguiça: "O que houve?" Ele: "Tive um sonho. Eu estava morto e ia ser enterrado. Começaram a jogar terra em cima de mim. Eu me via respirando e aquilo me sufocava. Que agonia, que mal, que horror!" Ela: "Não fica assim." Alisando as costas tensas dele. "Sonhos são sonhos e ponto. É o inconsciente em erupção." Ele, tenso ainda se deita. Ela nua e linda pula em cima dele. Sua vulva é carícia morna naquele corpo tenso. Ele ansioso. Ela, acariciando seu corpo a beijá-lo por inteiro. Ele, relaxando, começa a beijá-la também. Atracam-se numa longa copulação.

As avenidas cheias de automóveis e pessoas. O pôr do sol entre os edifícios. A cidade tem um cheiro aberto de mar e frutas em suas ruas. Ela acorda com uma venda nos olhos: "Acho que alguém tencionou cortar minhas pernas. Sinto algo estranho. Tenho que resistir, tenho que lutar, tenho que vencer." Tira a venda dos olhos e não vê nada, a não ser sua própria sombra refletida na parede do quarto.
"Preciso de uma chuveirada fria logo."

Ele: "Hoje foi monótona a filmagem, a vida, tudo. O ritmo foi muito chacoalhado, repetitivo. Estou amarrado num bode preto só. Não dá para outra. Estou meio a barata de Kafka, eles usam e abusam dela. Não posso ceder. Tenho que relaxar e avançar entre as cercas das ideias." Liga para ela. Ela atende do outro lado da linha. Ele manda uma música inteira pelo telefone. Desliga. Liga de novo, a secretária eletrônica atende, deixa uma mensagem: "Te amo". Ela não responde.

Ela, deliciando a água de coco na orla avenida set filmagem. "É bom viver. Sentir a sensação da vida no corpo. Isso é a liberdade." Um carro aberto. O automóvel desliza no asfalto ao som da música brasileira. É uma longa panorâmica sobre a percepção, a sensibilidade, a poesia. A câmera aponta o céu, a luz intensa do sol. Sob as lentes dos óculos escuros da visão tudo é mais provocante. Do ponto mais próximo ao mais longe do infinito. As linhas da mão a velocidade das citações, o corte montagem que a beleza do cinema provoca na gente. E a paisagem sublime, infinitamente criativa.

Ele: "Você não parece, mas tem um coração de jararaca." Desabafa a rir sem parar. Ela, igual a uma estátua, paralisada, sem nenhuma ação, sem objetivos.

Ela: "Estou farta de tudo e só. Quero criar uma ilha flutuante. Ficar solta no universo."

No meio do fogo cruzado das balas, um homem palita os dentes alheio a tudo. Uma puta loura, um viaduto. Silêncio. Noite. Planos da cidade.

Dia chuvoso. As avenidas se bifurcam em outras. A ação se passa em qualquer cidade do mundo. Indo para o século XXI. Ele: "Os homens no seu cotidiano são iguais a porcos, fuçando a terra sem nenhuma sensibilidade. Poluem, matam, dilatam, destroem o que podem, só para subir um degrau na escada que não leva a nada. A não ser à usura. Gargalhando do que ficou na estrada para conseguir alguma coisa. O amor hoje são cifras que se travam entre celulares e cartões de créditos numa total fusão de imbecilidades, vulgaridades e falta de qualquer comportamento humano mais simples. Chegamos a um tempo completamente desgastado. No deserto de nós mesmos. E quem perdeu o foco, o objetivo foram os humanos. E digo mais, porque quiseram e deixaram tudo ir para o brejo. Agora estamos de frente e rodeados pelo caos geral."

Ele olhando ao acordar a exuberância da paisagem que se exibe do seu apartamento no vigésimo andar da Avenida Atlântica. "Eu já vi o inferno, eu já vivi nele. No meio da crueldade, entre as cobras, as mais terríveis ratazanas. O inferno é cruel e ele é bem perto da gente, é só você vacilar. Você escorrega e está com os pés dentro dele." Alisando o rosto e respirando, sentindo a atmosfera do novo dia. Os olhos se fundem com a linha do horizonte numa viagem astral.

Ela acorda com fome e mete dois biscoitos de uma só vez na boca. Não fala nada. Volta para cama. Enrola-se no lençol, se abraça com o travesseiro e dorme de novo. Ela sonha o pensamento. "Digo o que quero, falo na hora certa. Nada me amedronta. Não levo desaforo para casa. Nada me cansa."
Ela viaja por entre universos azuis sem angústia. Vira-se de um lado para o outro. Diz alto: "Sou inquieta...", parece um bebê na cama.

Ele no set de filmagem, memorizando o texto: "Não tenho com quem dividir minha dor. Por mais livre que eu seja, que eu proclame ser estou apertado entre quatro paredes sempre. Sinto-me no sufoco. Estou ilhado em mim. Entre as quatro paredes dos meus sentidos. Tenho que explodir essas barreiras. Ir adiante dos muros. Se não fizer nada, me afogarei em mim." Dá um soco no ar. Veste a t-shirt e sai gesticulando e repetindo em tons diferentes o texto.

Ela, esfíngica andando entre cactos no árido deserto. "Decifra-me ou devoro-te." Close de uma cascavel no seu chocalhar perto do bote. O sol é amarelo-gema, tórrido. Miragens causadas pela luz intensa de uma grande fome no estômago.

Um cruzamento de avenidas. Centro do Rio de Janeiro. Carros e muita gente nas ruas entre a multidão. Anda sem direção. Vai e volta. Levanta os braços, dança com a camisa aberta, continua a andar seu caminho um vai e vem do pensamento, sem curso nenhum linear. Jeito messiânico de tentar salvar a vida moderna, o homem, o mundo. Ela, num carro aberto. Boca pintada de batom preto, óculos escuros, som. A paisagem é descrita num *travelling* de várias situações. Ela para num sinal. Dois garotos tentam roubá-la apontando um caco de vidro. Ela abre a bolsa e tira um revólver. Eles correm. Sinal verde. Ela avança. Beija o revólver, guarda na bolsa.

Ele, ela juntos a jogar dominó numa praça abandonada de tudo: gente, árvores e pássaros. Entre um beijo e o jogo, ela diz: "Quando eu disser sim, você fala não." Ele: "Tá certo, quando eu disser não, você diz sim." Um grande plano dos dois até uma difusa imagem abstrata. Alguém grita: "Você pisou na minha unha encravada, não estou aguentando de dor. Na hora que eu te encontrar vou te matar", diz para o tempo. Berrando e mancando caminha para o horizonte.

Ele e sua sombra: "Ela é o meu ritmo." Ela dizendo para si mesma: "Não se aflija tanto. Você é livre, toda liberdade tem seu preço."

Uma tenda. Dentro uma mulher com turbante e seu baralho cigano. Sorridente convida ele para sentar no banco. Sobre a mesa o baralho. Ela olha o homem, o baralho. Pede que ele coloque as mãos abertas sobre a mesa. Começa a abrir o baralho. Tempo. Nele, o passado, o futuro e o presente. As cartas tomam fluidos. "Vais viver uma vida de pastor com suas cabras. Vejo na tua história. Serás feliz nos campos." Ele, confuso, levanta. Deixa um dinheiro sobre a mesa e sai a caminhar pela cidade. Ruas e mais ruas. Andando e olhando. Olhando e andando.

Ele alisa os seios dela. E calmamente desce a mão até a vulva úmida. Os lábios se atraem. Eles começam uma trepada numa ferocidade ímpar.

Ela na tenda. Ela olha tudo. O baralho sobre a mesa. A cigana entra por trás de uma cortina pedindo desculpas, houve um pequeno problema doméstico com ela. Pede que sente. Olha nos olhos. Abre as cartas. Alguma mancha negra acontecerá. "Como dizer para ela", pensa a cigana. Pede que ela volte outro dia. Diz: "As cartas não informam nada de nada. Hoje tudo parece sem astral. Volte." Ela levanta e sai. Tudo em volta parece normal. A cigana põe a mão na cabeça, as cartas movem-se na direção dela mostrando uma grande confusão astral em que ela está metida.

Manhã chuvosa. Ela falando para ele: "A recepção ontem foi um desastre. Vinho estragado, o bufê estava péssimo. A música, nem se fala... Não havia charme no salão. Vou passar um tempo sem sair."
Ele: "Vou mergulhar em leituras. Essa coisa de só exercícios está me deixando robotizado. Estou parecendo uma máquina. Vou comprar a *Divina comédia*, *Ilíada*, *Odisseia*, e *Dom Quixote*. Vai ser um banho de civilização. Preciso enriquecer meu ego."

Tempestade. Ventos de isopor. Eles, náufragos chegando numa praia num pedaço de madeira trazido por altas ondas. São dois trapos humanos. Desmaiam na areia. Lutaram muito. Dia seguinte. Pequena praia. Os náufragos. Despertando. A poucos metros um centro comercial. Dois trapos humanos. Começam a andar. Param um táxi. Seguem em direção ao final da rua. Desaparecem no infinito da imagem.

Era um tecido rendado. Uma teia de aranha. Havia um grande espinho cravado no coração. Assim é o sonho que atormentou Ulisses durante anos a fio. E volta e meia era o mesmo sonho, pensamento, tortura. Ele se debatia e acordava atormentado com um peso sobre si mesmo. Outra coisa era uma sede estúpida, quanto mais água tomava, mais sede sentia. Parecia que tinha engolido todo o sal e a areia do planeta e precisava de água para acalmar e assentar os grãos incessantemente secos. Melhor comprar um *walkman* no camelô e esquecer o seu trágico embaraçado caminho. Pensa e luz, câmera, ação o nosso personagem se joga nessa investida. O tempo é pastel. Nenhuma cor definida, nada. Um requentado e deformado pastel de rodoviária é o nosso tempo.

Ele, andando numa estrada, senta embaixo de uma árvore. Os pensamentos dançam na sua cabeça, e quando fecha os olhos eles dançam em volta de si. "A gente se afina e depois tem que ficar tomando conta dos outros. Minha visão é límpida. Produzo e crio coisas ao meu redor e no planeta. Mas o mundo é outro também. Onde ficam os outros? Em que espaço?"
Pensativo no quarto escuro. Lá fora, a vida solar. Cedo os ônibus e automóveis começam a circular nas ruas dando a largada do movimento geral das cidades.

Ela: "Espere um minuto", diz tentando fazer uma sequência de tomadas de posições. "Atenção, tenha cuidado." Anda e gesticula. "Quero criar tensões." Vai até o som e aciona a tecla *play*. Uma música de flautas doces invade o espaço e ela se movimenta num contínuo improvisar de gestos livres. Estamos nos aproximando do ano 2000 e tem coisas parecendo que ainda estamos no início do século. Faixas de fogo: tempos e lugares. Ela: "Que portas terão os séculos seguintes a esse?".

Conflitos, Aids, destruições etc. Sirenes passam pelas ruas em alta velocidade destruindo o silêncio dentro das casas incendiando o refúgio reflexivo das ideias. No breu da noite, atores e atrizes nas capas das revistas. Entre sacos e sacos de lixos nas esquinas e a luz de disco voador a rodar no cd do universo.

Ele, ela de frente para as câmeras: "Pouco se faz contra a miséria, a fome e as guerras. Isso é um grande desleixo por parte de toda a humanidade, quando falamos humanidade estamos nos referindo a um dos humanos e sua parcela de ser social. Não se pode ser feliz sozinho." Aviões cortam os céus.

Ele: "Tudo se passa entre a luz e o jeito que a sombra faz."
Ela: "Não uso máscaras."
Ele: "Use ouro na mão direita."
Ela: "... e na esquerda use prata."
Ele: "Não podemos ficar calados!"
Ela: "Fale diretamente."
Os dois no apartamento a perceber os sons da própria casa, do edifício, da rua, da cidade, do estado, do país, do mundo.
Ele: "É duro!"
Ela engole calada a emoção de perceber isso tudo e sente na pele a fragilidade de seu humano. Os corpos nus se olham no seu cristal. Pensam até o esgotamento, o cansaço.
Ele: "Às vezes me vejo com os pés e as mãos atados num mar de impossibilidades. Preciso reagir. Lutar e gerar possibilidades. Não deixar que o peso das coisas vá nos imobilizando de um modo geral."
Ela: "... senão, depois é difícil reagir do corpo social estranho imposto."
Ele: "Tem coisas que a gente não pode fazer nada e percebendo isso já contribuímos para explodi-las."
Ela: "... mas não é isso só. Tem muitas barreiras e temos que ultrapassá-las, tanto o silêncio como o lixo geral nos provocam, é a marca da noite escura contemporânea."

Uma bomba. Um sequestro. Tiroteios. Fogo cruzado. Entre escombros ele e ela atravessam de um lado para o outro sem saber que direção tomar. Rostos apavorados. Faces tensas. Ar caótico. Grande plano do desastre. Geral da área.

É preciso reescrever o caminho antes percorrido a pé na estrada esburacada. Eles dormem na mesma cama em posições diferentes, quando vira encosta o rosto no membro duro dele. Ele rapidamente já chega com a língua na vulva e ela abocanha o pênis inteiro. Eles estão gulosos e uma grande ceia começa ali.

Sentados à beira-mar ela brinca com os pés na água fria do oceano. Ele, sentado numa pedra, lê uma antologia de poetas. Levanta-se e joga o livro na água. Uma lancha corta em alta velocidade o mar azul. Logo depois explode.

Faz frio. Os dois no apartamento sem saber o que fazer. Abraçam-se. "Pelo buraco da fechadura pode passar uma maldade. Um beco sem saída esse mar de discussões infindas e um turbilhão de violências e nazistas se aproximando cada hora mais. Perto de nós habitantes do mundo. Um nó parece que quer nos apertar. Como somos frágeis? Como sobreviver a tudo isso? O que fazer?"
Qualquer movimentação parece que irá causar uma destruição. De mãos dadas naquele emaranhado de pensamentos eles nus de qualquer força interior estão numa rotação giratória de fatos exteriores. As paredes são frias. Os sentimentos também. Só os corações são quentes, mas eles são tão pequenos. As previsões para o futuro são uma coisa. Com um presente como esse, que sementes está se plantando? O que serão a realidade e a vida do futuro?

De manhã cedo eles num *coffee shop*. Ela diz para ele: "Gostaria de me chamar Rosa. Ser a representação real de meu nome. Ser o aroma, o jeito, ser como as pétalas." Dá um tempo. Suspira fundo. Ele: "Gostaria de me chamar Pedra. Bem dura. Ser pedra, a pedra em si."
Caem na risada. Tomam um café. Entre goles e baforadas de cigarro. A filosofia anda nas ruas, na boca de um maluco: ele recebe rápido um pré-socrático e reativa a Grécia naquela manhã esfarrapada nos textos e gestos largos. Segue a trilha do desconhecido caminho se divertindo no viver.

Dois casais de jovens sentados na frente dos seus carros, abraçados olhando o mar revolto de cima do mirante. Eles se aproximam e bradam: "Isso é um assalto." Mostrando facas e cordas. Uma das garotas começa a dar um faniquito total. Ele logo ameaçando-a brutalmente. Faca junto ao pescoço. Ela tomando conta do outro casal. Diz uma série de palavras-chave agressivas e no desespero solta uma sequência de peidos altos levando todos a perderem a pose de dramaticidade e caírem na risada. Corta. Cena demorada. Pois exige firmeza, peso e dramaticidade e dentro de tudo isso uma série de negociações no desespero. Começar de novo. Retoques gerais. Luz. Make-up etc. Um avião passa entre os edifícios anunciando um circo na cidade sol.

Ele no meio de um monte de jornais: "Estou mordido por dentro, por fora. Estou denso. Estou estourando. Estou estourado. Tenho os dentes cerrados. Estou ligado. Estou escangalhando de meu ser." Personagens se cruzam na autoestrada da criação. Baronesas com plumas, palhaços e executivos com pastas e celulares. A cena hoje será uma mistura de Wall Street com Nepal e a filmagem será em Copacabana numa rua que vai dar na Avenida Atlântica e depois entra São Paulo. Plano do alto. Aterrisagem de asa delta na Avenida Paulista. Uma boneca inflável forte explode. Notas falsas de dólares por todo o Boulevard Saint Germain. Um verdadeiro bafafá. Um rififi sobre os tetos de Paris e do Pelourinho, na Bahia.

Ela de branco: "Sou poderosa, e o que é o poder? O poder é uma mancha, uma nódoa e ele mata igual a um câncer. Estou com mancha pelo corpo todo. Deve ser o efeito da estufa, deve ser da degradação da camada de ozônio, do lixo tóxico, da chuva ácida, deve ser da comida estragada de ontem à noite. Deve ser do desleixo em que estamos jogados."

O telefone toca. Ela: "Alô, é você? Eu estava sonhando com você. Agora já não sei mais se é sonho ou realidade." Senta na cama. "Onde você está?"
Ele: "Estou na Vista Chinesa olhando a cidade do alto. Estou falando do celular. Você me ama?" Silêncio dos dois lados. Corta linha.

Uma tarde no Cairo. Camelos e mercadores. O centro do Cairo: ruas convergem para uma grande praça. Cafés em volta. Gente por todas as ruas, ruelas cheias de lojas, carros e vozes. Os que têm fome e querem comida. Sons se intercambiam numa gritante confusão de diversas linguagens. Uma faca brilha ao sol da tarde. Alguém cai morto. Gritos. Multidão esbaforida. Planos sucessivos.

Ele: "Canto o que sei e o que não sei."
Ela: "Não aguento mais, tudo agora é *merchandising* o tempo todo."
Ele, solidário: "Eu também."

A poluição atmosférica do mundo inteiro está terrível. Carro passa dirigido por alguém sem cabeça ao volante. Cena repetida várias vezes. O carro passa lentamente. Alguém dirige sem cabeça ao volante. Alarme. Pessoas correm de um lado para o outro. Pânico. Um vírus novo aparecendo. Em pouquíssimo tempo a pessoa morre.
Como se tomado de uma súbita dor de cabeça, uma síncope. Como se uma erupção tomasse o corpo humano inteiro e num rápido golpe interno a pessoa já cai em crise e logo depois de algumas convulsões ela morre. Desespero. Pessoas correm de todos os lados. Em pouco tempo começam a ficar empilhados corpos e mais corpos; um por cima do outro aos montes. Ela: "Um horror total!", levando a mão ao nariz e cobrindo o rosto frente à devassadora cena realidade. Ele: "É o fim do mundo, do homem, do planeta. O que faz a comunidade científica internacional? Nada, nada, nada. Ninguém faz nada e as atrocidades se processam...".
Cai em prantos puxando ela por cima daqueles corpos mortos espalhados pelo chão. Vão andando por entre aquela atmosfera desoladora até o deserto.

As folhas amarelas caem das árvores e voam pelas ruas no outono em New York. Ele e ela de mãos dadas no amor e na vida a sentir essa brisa nova da estação do Tempo. Andando no Greenwich Village na direção do Soho, Tribeca, Downtown.

Personagens lutam no ringue contra um imenso bloco de gelo que quer apertá-los contra a parede da quadra de lutas.
Ela, aos berros: "Não sei se vou aguentar mais isso. Estou exausta de tudo." Desmaia.
Aviso: A filmagem vai ser interrompida por problemas técnicos. Um desespero toma conta de tudo.

Outro dia. Sol. Ele e ela de frente para as câmeras: "No meio das necessidades sem atingir as liberdades estamos atolados na areia movediça do reino da merda total!" Encostados numa lata de lixo. Ele pega na mão dela e diz: "Vamos dar um mergulho no mar para tirar toda essa urucubaca de cima de nós."
Som infinito.

Campo da Amérika

besouro na vidraça. ossos e tripas também. uma flor vermelha no centro da mesa. alta tecnologia e alta sensibilidade. deito na trilha sonora, ensaio umas lágrimas, driblo tudo, forço, enxugo e não sai nada. besouro no teu ouvido. a porta que não tranca. garotos dormindo na rua envoltos em jornais. a voz que não se ouve. o pântano. tecer e viver no alimento poético. a cratera lunar do dente do macaco. urubus voam sobre o lixo urbano. diário da crise. no fim do desenho tem uma saída que vai dar no nada. a bola que passa por entre as pernas do gigante. com o jornal faço um chapéu e ando ao sol.

a musicalidade nasce do véu do nada. dois bichos amarrados num só som. casuais. luz e sombra. jogo, dialético. ao grão maior. radiografias. novas circunstâncias. o sol chegando perto do meu nublado e solitário coração. batuques orientais. o mágico e o trágico. pântano deslumbrante. outros mitos dançam no vidro da minha cabeça. estado selvagem. penetrar na floresta. imagens começam a descolorir devido à distância. a poesia é gente igual a gente. caravanas no deserto: ventanias, camelos, palmeiras e oásis. brilho no olhar, nas lentes da câmera. a verdade esfarrapada: você é o sol. este é o panorama: corações devassos, espíritos devoradores. minha boca confessa-se seca, depois dessas absurdas baforadas em vão. algo de novo aparece sempre quando você rompe a canção e cai no céu da boca da onça. a gente inventa o mundo do jeito que a gente quer. a música e sua relação com o tempo. você não vai à ginástica? à aula do ballet? observo o voo das garças. os desenhos animados na tv não seguem nenhum roteiro lógico, só imagens dançantes. a paisagem parece envidraçada. pareceres sobre a vida animal e a vida humana. letreiros acesos. lentes de contato. o atirador faz pontaria, dispara. o artista é o fora do sistema. garrafa vazia boiando. o telefone toca. você? cálculos quase que matemáticos. há algo em seu sorriso, brilho no seu olhar. dança entre os espaços. gatos por lebres. parques cheios de insetos. alto-falantes. afiada navalha. prolixos. textos imaginários. no céu da minha calça estrelas de caneta. tem um elo em nós. itinerante. num tempo escuro as verdadeiras estrelas brilham sem parar. suja canção. há muito tempo, perdi as penas. hoje sou um frango pronto para ir ao forno assar. por que não explosivos? que tempo escroto esse, onde nada vale nada. luz na escuridão. diamantes a lapidar. tenho no sangue a capacidade de agitar qualquer uma. fragmentos. anotações, pedras, talos, coisas, areal. fotos 3x4, nenhum quilo, árvore, planta. sedução em nenhuma parte, nada nada não etc. e tal. saiba a hora certa de trocar o óleo. o amor existe? largo mosaico. voz sonora. gráficos eletrônicos, aventuras no espaço. visão do avião por cima das nuvens. umas e outras plumagens. fotos, rabiscos. iluminado vagabundo. nossos pés, nossas mãos, nossos olhos. bambus. truques filosóficos. cego amor. mudar o audiovisual. um réptil passa por entre as pernas cruzadas do papel. tiros na direção. som de música. deito em cima das notícias. leio nas sombras as luzes dos dias. sonhos com grandes explosões. ah! ah! ah! um silêncio de azul e sol. uma grande boca vermelha soletra docemente as palavras. num canto do olho uma faísca luminosa brilha dando sinais. no bar nada para beber. um dia cheio pela frente. uns por outros. sua voz parece que você está exposto no mercado dos sacrifícios. delírios rasantes. letreiros por cima da imagem feita com computadores. dar um salto. arrancar leite das pedras. tecelagem das palavras. uma formiga. duas formigas. mil formigas, um formigueiro. quando o inverso é o verso. um gênio dormindo no meio-fio da calça. a humanidade inteira, calada, comendo alimentos podres na lixeira do mundo. linha cruzada, uma mulher dizendo para outra: "... e eu estou tão indisposta". a outra respondendo: "eu também". entro no meio da conversa e digo: "eu estou superdisposta". horizontais e verticais. entranhas, flores aquáticas. ratos numa tarde de sol. em volta do lago, em volta do mundo. atar e desatar. outro dia, outra página, outra atmosfera, outros sons. outro, outra, outros. rotação, pontos de luzes. pontos de ataques. onde você esconde sua cabeça? entre as pernas, entre as mãos? no camelo do cigarro. tragando até o final. frutas frescas. pássaros sobrevoam as ilhas. na floresta dos dias. flor selvagem. mexo com conceitos: sou um artista. pombos na antena de tv. onde anda você? silêncio passa entre as árvores. na mata. vários patos. close em nossas vidas. a poesia. o acaso. estrada qualquer, movendo atmosferas. a fala direta. o talho certo. barco desliza suave no mar numa larga visão. aves dançam pelo espaço afora. no mato, nu, direto. arco e flecha em riste ao sol. no meio do trânsito das cidades. um porto, um cais. horizonte do olho. oriental total. tem um negócio dentro dentro dentro que me amarro. a bisnaga por entre as pernas do poeta. a garganta em chamas. andar firme. tiros, gente. me vejo, te vejo, vejo tudo, vejo. a língua abóbora, a cabeça azul. cabana de palha. ossatura no deserto. bailado de imagens, jornais, revistas, fatos, acontecimentos, coisas. escrevo e desenho os dias, anos, tempo. circo de visões. poético, plástico, político. leito, sopro, pedaços. poesia em movimento. *comics*. alguma luz? legumes na bandeja. desenvolver danças nos buracos das músicas. borboleta branca baila no ar azul da manhã. canto da boca. *mixed media*. tiros contra a tv com revólver de brinquedo. palavras, clichês, *standards*, *designs*, polos, pontos, dados, jogos, pedras, beijos, eternidades, *flashs*, raios abrindo o mundo. o dia de hoje é um dia político. nós dois e os automóveis. nada a comer na planície. nenhum peixe no planalto. alguns mortos e podres expostos no lamaçal. uma linha passando no buraco da agulha. as pessoas no primeiro mundo precisam beber da fonte da miserabilidade cultural do terceiro mundo para sobreviver também. necessária a troca de informações geral. roo as unhas, as últimas esperanças. líricas. infindo rio, galho seco. eros néon. n vezes, tirar a roupa é melhor do que vestir a roupa. transmissor de belezas. torneiras, tvs, rádios, luzes, liquidificadores, barbeadores elétricos, chuveiros. varal de ideias. partículas aqui, partículas acolá. no ar, em qualquer lugar ou no silêncio profundo. radiografia das mãos abertas. partes de dentro, parte de fora. capa do livro. procurar e encontrar lapidar a pérola pescada dentro de você, mostrá-la à luz do olho humano no banquete do mundo. encontrar a sorte num envelope e sair colando por si. *pour quoi la nuit est-elle noire? la science interroge la poésie*. cotidiano de criança. o império do pastel chinês. certos efeitos tecnológicos às vezes na tv parecem defeitos e vice-versa. planos fixos de câmera. quando a alma começa a apodrecer, foi-se...

linha amarelo-canário cabeça. vivemos no admirável ou no abominável mundo novo? filtros, filtragens. miscelâneas, espadas. passei minha boca deliciosamente pela sua estremecendo toda a alma numa fúria crescente. calangos ao sol. praça pública, plexo solar. opções? respostas? escolhas? perguntas? chaves? recarregar as baterias, criando uma ciência. pontos cardeais, zoo, arquiteturas. o dia se abre em vários retalhos. tetos, escritas. como fotografar e ser fotografado. acrobacias. o que você está olhando? procuro diamantes. sonho: pavão. interrogações. notas sobre atualidades. como se não bastasse o muro, a horta começa a deteriorar-se. autorretrato: danço entre a poesia e o *design*. roda-gigante. diversos sons. moça de olhos asiáticos e bigodes. palavras desordem. fogo de palha, e a ponte? slogans. produto produção. esquentar as turbinas. onomatopaicos. nômade vagueia. óculos. vitrines. luminosos piscam noite. estratégias por entre as horas. mercadorias e danças. o relógio dos sentidos. o d de desejo. nada para o córrego. ela, estátua fria e indissolúvel na paisagem sonora do parque. cada época trabalha e traduz sua própria espiritualidade. limpo a bosta do cu com as notícias dos jornais de ontem e passo água depois para não ficar com cicatriz nenhuma do peso da merda geral. não uso máscaras. cabeça, cabeças. um lance de dados afiados. rabiscos, grafites. o coração das cidades. partitura musical. o único jeito de fazer artes é misturar artes.

uma cantora desempregada anda pelas ruas da cidade vazia. ande pela rua de sua mão. sem o desejo a vida é um deserto. propaga-se a quatro ventos a morte social do desejo. palavras flechas. amolador de facas. no tapa ou no beijo abrir clarões no escuro. dialético e panorâmico. os artistas têm que promover o espetáculo do futuro. algas esponjas. algumas folhas. costurando um fio no outro. cordas sexuais. vocais. a vida passa por dentro do anel estreito que se estreita cada hora mais e vira outra coisa. uma interrogação de cabeça para baixo. melodia das palavras. na escuridão da noite só se via o brilho da faca. cão no espelho. a boca do sertão. plantas, pedras e peixes. garras de abutre. o olho estrada espaço trilhas. é impressionante quando os órgãos gerais de um indivíduo se atrofiam, o caos que se estampa na paisagem do corpo, deformações que aparecem de toda espécie. meu cotidiano é uma coisa. minha expressao artística é o que fica do melhor do cotidiano. ele irá sacudir. a rosa na lama. seixos, areia. faquir deitado que dança no aquário azul. entregador de rosas de uma loja qualquer do mundo. a podridão já está devorando a poesia da fruta casca adentro, no arco-íris da mente, no fundo do poço de mim, no h de hoje, na pele que se renova, no polo, no tudo que gera a invenção, nas poucas palavras, na corda toda, no jato, nos muitos, no sim. faço coisas. fundo da panela. gosto dos que dançam e levantam terra por onde passam. foto em *close up*. com sede atravesso o deserto e pego o copo d'água lá no oásis horizonte. estrela-do-mar. da vida já fiz todas as estripulias, das vísceras todo coração. poema caracol: roupa dourada espacial. preciso pegar o tempo de uma bocada só e mais que já urge deglutir tudo. o poeta é o que estraçalha a linguagem, fazendo-a explodir em raios multicoloridos por tudo quanto é parte. algo girando sempre. nunca fixação em ponto nenhum. alma no voo do pássaro. tanque vazio. latido de cães. carro na madrugada. um anjo qualquer na estrada dançando e andando. círculo de sombras. um pássaro agoniza no seu canto. café duchamp. jorge 2 ou 3º olho azul. caatinga. cartola de mágico. o dia se fazendo por entre o arco-íris das coisas. a destruição só provará a nossa incompetência. um jeito selvagem de dar uma dentada na chamada civilização. chakra flor. do meio do número sai a seta disparada cortando como um espaço. a língua da música. nas ruas encontro pérolas para o meu colar de ideias. foi aberta a tampa do perfume. olhando durante um tempo para um ponto fixo. o texto e seus infinitos contrários. jogo de montar, peças para armar. cabeças e fragmentos. retalhos, recortes, pedaços, fotos picotadas. *designs* não lineares, panorâmicas, carimbos. sons guturais, silhuetas das montanhas, sons de água entre pedras. feira livre. embrião. desenhos animados. clipes, documentários de natureza. paisagem desolada dos edifícios na manhã ao nascer. vista do alto a cidade se move nas ruas por entre as pedras que são os edifícios. o metálico frouxo das suas cordas vocais. frenesi das cidades. silêncio caudaloso dos bairros ricos. no vácuo sem barulho dos bairros médios. no formigueiro dos lugares pobres. ela pode explodir na sua cara. uma estrela dança entre os números de ponta a ponta do amarelo seco. espinha dorsal. ficção ou realidade? eu tiro a roupa. você fica com vergonha. cabeça iluminada. algo vagueia azul. um homem vem andando com texto escrito na camisa: quero gozar! caixa de ressonâncias. vibro com meu caráter não apodrecido com as circunstâncias. gira a girar. qualquer nota. tiro para o azul. pensamento bailarino. não ao pensamento penico. no capim. na flor silvestre. medito andando. a natureza se alimenta da própria natureza. diferentes línguas numa mesma boca. buraco de formiga. anões na contramão. entre o panfleto e o espetáculo. alma elétrica. farrapos ao sol. o mar e os rochedos. gaivotas. sua voz ao telefone numa outra estação. uma flecha certeira. seu olho no ponto exato. azul mais azul do azul. rostos na sombra. água no vaso. números apagados. silêncio telefônico. mensagens nubladas, árvores mortas, quilômetros de lama, nenhuma vida, enorme tartaruga, o labirinto das tripas. o buraco da sensibilidade, o vulcão calado, o estampido, árvores em contraluz. ponto vivo. umas e outras. lendo no escuro os claros da mente pelo orifício do ser. nas colunas sociais, as pessoas parecem propaganda de panela de pressão com tampa e tudo. mandíbulas expostas. jogo de facas. café preto. pipocas. diorâmico. dança do ventre. chá egípcio. bazares. *self made man*. fluxos. acontecimentos humanos. o fruto em si. sem sementes. somente a fruta. as pálpebras. ponto múltiplo. dados livres. jogo de adivinhações. azul-celeste. acrobacias. uma serpente no asfalto quente. mapa e jornais. histórias em quadrinhos. banho estratégico. por entre as trevas uma réstia de luz. avessos e direitos. copo grande branco de leite. tambores. espelho de palavras. estrela azul. mercado misto comum. poças d'água. o indescritível. o silêncio por um fio. a ponte. a pilha de jornais. o tapete e seus losangos. uma coisa dentro de cada mão. diamante bruto. um dia é festa. o outro, fome. rol de roupas. varal aberto. *beat, nouvelle vague*, bossa nova etc. áridos e frutíferos terrenos. navalha. feras na jaula. o andar silencioso de um gato. borboleta a voar. carros em movimento. no contrário da mão. e esse alguém que vem, vem alguém e mais alguém; não, é alguém e ninguém. como um pássaro num voo reto em direção a um ponto alto. camponeses e crianças. falas alheias. anunciantes. foto instantânea. tecidos indecisos. acidez da boca. tal e qual. escada rolante. fluxo. a cor *gris*. cortinas. alguém diz ao telefone sim. escala musical. signos. vielas. dilacerada pelos cães na manhã parisiense e sua privacidade rasgada nos dentes, a seda. ouvido ao vento. insetos atraídos pela luz. falas. lagarto adormecido. hai-kai bar. quanto tempo a linha está aberta? investir no escuro dá no claro? a flor do dia, a maçã do tempo. os dentes cariados da canção. cara de pássaro, coração de minhoca. saio de mim. fora, as ruas, avenidas, oceano. ballet selvagem. de manhã cedo: crianças mexem no lixo para procurar comida e quando acham comem. bicho acuado num canto com uma vara. boca de peixe. lado colagem: algo entre o coração e o pensamento. por entre o vaso a chama. cortes e recortes. a piscadela do olho do mundo. setas. o córrego raso podia ser mais profundo. uma rajada de metralhadora. a lua na página preta. os dizeres e os sabores. faíscas. moedor de carnes. fruta madura. áspero como lixa, plumoso como o vento. o tigre passeia por toscos arbustos. queimando cartuchos. cacos. leitura silenciosa. paisagem desgastada. nus e crus. indicação da curva. perfis. escada em espiral. goteiras. corisco fosforescente. sol na garganta. vozes cotidianas, gritos. ruídos, vento, batimento cardíaco. nas pedras do dicionário, os mangues, coisa nenhuma, certos estribilhos, alguns caroços. a primeira letra do alfabeto é a letra do alfabeto. eu leio sua voz. as linhas do seu desenho. a cidade e seus mapas. vidro quebrado. teia de aranha. saltos acrobáticos. sons e cores. alguém pede socorro na madrugada. um fato imaginário. pássaros de um lado, cães de outro. lavando as roupas no varal da canção, esfregando e deixando as manchas saírem de molho, no molho por instantes, horas a fio. pingue-pongue na floresta. olhos nadando na piscina azul. as surpresas residem na novidade poética do impacto quando reveladas. quando vejo, vejo mesmo. moluscos. holofote sobre o dromedário sujo. algo profano no sagrado. beijo com estalo. numa tabacaria um varal colorido. as palavras são iguais a um camaleão, tomam a cor e a força precisas do lugar onde ancoram. você passeia, faço uma canção. eu durmo. penca de chaves, balde de plástico. passe de mágica. eu queria fazer uma canção que fosse como o silêncio total, uma flecha na sua velocidade mortal na direção do coração do mundo e quando lá batesse um toque mágico qualquer, uma explosão, uma iluminação. carrossel a girar: não caia fora, fique dentro.

eu sou assim: balançado à beça. não tenho onde morar, qualquer cabana, uns dez amores etc. faço o movimento se armar e um monte de coisas rolar. não gastar a saliva em vão. na frente da tv, na água morna do chuveiro, no quá-quá-quá qualquer, no ônibus, na paisagem que se descortina, no vai-e-vem dos dias, no jornal que espalha, na banca, no gelo, no copo, nos anúncios, no tempo, na diferença, no telefone ocupado, na vontade de querer dançar. ela dança, dança como ninguém. não deixar passar nada. filtrar a riqueza que possa escorrer do nada e espalhar isso como método, estratégia ou ideologia na elaboração geral dos planos, projeto, sons. mix de informações. produções e produtos. no ponto em que estamos. foi na curva do cuspe que te conheci. estrelas invadem o painel eletrônico. cromáticas pilastras numa mântrica beleza. colocar coisas quentes na geladeira. na hora do sim. o que fazer no meio de tanta bosta só de chinfra: a solidão não me abocanhará. foder com a sombra. uma catarata musical. a mão aberta. o *spot* aceso. a língua exala calor. o que muda é o diabo. o deus é conservador. texto para palco. o microfone está aberto. uma borboleta amarela a voar, os mendigos no parque, as filas, o sol. tigre caminha sozinho sobre suas patas a passos largos em busca de uma presa. lendo os jornais ficam impressas nos dedos da mão a cor preta das notícias. doenças tropicais. superfície cortante das coisas. desenho numa laranja. avenida de palmeiras. zênite. entre o real e o imaginário. rãs correndo no seco. pia a gotejar. atiram-se pedras, eu jogo pedras. na frente dos gladiadores, na arena. no meio dos ricos, no meio dos pobres. na sequência. num barco, no mar, a mata virgem. aceso, deitado, em pé, na estrada sem saber que direção tomar. a pensar, a descansar, a zero. algo pensamento. lucros e gozos. prelúdios. casco roído de barco. na boca do monstro. no interior de mim, para fora de mim. a cara do mundo é feia. jogo de palavras no imenso dicionário e seus braços. a novidade reside no risco total. buraco de agulha. calos na mão. pés firmes na estrada dos dias. algo estrangula a minha voz e não quero ter a voz estrangulada. a canção propõe a comida rápida ao que está dito no roteiro que se desenrola. será possível mastigar pedras e conservar intactos os dentes todos? a ossatura da criação, a voz no microfone amplificado, a corrente do vento. projeto dos homens. universo misterioso entre a matéria-prima e o produto final. letras vivas, dançantes. filtragens. transmissão de sons luminosos na escuridão. talvez uma interrogação, talvez uma exclamação. por que a paixão é cega? buraco de fechadura. tem uma rua que corta tudo e não tem nome. rola entre os homens. brutos e lapidados. onde me abrigo, onde me revelo. outras e infinitas portas.

escrever os dias. igual a uma flecha varando a escuridão. há uma dança no andar dele ao atravessar a rua. a vida é dentro e fora. colcha de retalhos. canto de pássaros. bala a se dissolver na boca amarga. os passos do gato no muro. o salto do acrobata na tv. cabeça sem tampa. um ponto de vista se abre por entre as coisas. faço músicas. por entre anúncios. a ruptura das cápsulas de sementes. a guerra está começando: olhando a chuva fico pensando nisso, vendo as formigas andando fico pensando nisso, no silêncio na escuridão do quarto fico pensando nisso. roendo as unhas fico pensando nisso. tv desligada. os faisões caminhando para a rosa vermelha. escrevo e risco. ovelhas entre automóveis. sou a espinha na sua garganta. a pedra no seu sapato. meus testículos na porta do tempo. há luz entre os ossos. somos tão terceiro mundo. nós não somos nada. sêmen retido é veneno. para a arte é mais interessante interrogações do que afirmativas evasivas. tenho um olho ideológico: não me alio a conservadores. teus olhos de serpente. escrevo como se fosse um instrumento musical. os povos primitivos conhecem biscoitos industriais? o cru e o tecnológico. a poesia no meio do lixo. será o brasil o país do futuro, cheio de ricos burros e pobres feios? explicitamente amor: meu signo entrando no sol. hoje eu acordei assim, uma flor. na velocidade da luz, por entre pedras, ásperas palavras. se você não trabalha o sucesso ele desaparece. eu todo amor. janela cinematográfica. meu sentimento é uma podre maçã. o circo se arma acima do chão. por entre os alvos dentes. qualquer passagem. outras paisagens, o deserto ardente, o quá-quá-quá do pato. homens se beijam numa esquina feminina. onde o coração do século? tudo é movimento e morde o futuro. por que as pessoas que não cantam têm interesse no cantar? escrevendo hoje o dia de amanhã. a humanidade perdida em si. o olho do cavalo em close na tv. esta floresta é minha casa. onde a poesia na boca do lobo? eu no meio do deserto e o deserto sou eu mesmo. só se vive com o aceso. penteando o jardim com sua vassoura de ferro. há uma alma nasal? a poesia por entre as portas, as frestas. qualquer deixa. a folha no jarro. água no copo, objeto e poeira. arte é paixão e ciência. o artista tem que fazer o mercado girar. quando artistas falam em obras penso logo em bosta. uma mosca sampleia o ar. horizonte: onde acaba o azul? quando falo quero abrir o inconsciente geral para o maravilhoso.

escrevendo na janela procurando o sol na escura, nublada e densa manhã. entre fôlegos, cafés e rosas. impactos e visões. sons e odores. escada rolante parada. olho ferido pela luz. piano dedilhando um solo. desesperado beijo de adeus. sou ímã. às vezes traçar com os dentes as dificuldades traz um novo sentido de opções e especializações. falo linguagens. trigal. procurando luz no breu total. borboletas voam. eu num ponto fixo. a filmagem demorando. tenho os olhos abertos para as descobertas. o sensível. a lama desce para a boca do lobo que cheia vomita para o resto da avenida. sou todo desejo. praia clara. coração e culhão. dos extremos aos extremos. lavo, as que estão sujas; seco-as ao sol, depois de esfregá-las uma a uma num amontoado de peças diferentes, expostas e penduradas. elas vão mostrando a sua clareza na imensidão; revelando o seu brilho próprio, cada uma, cada qual. sou um selvagem das cidades. me movo entre edifícios, ruas, carros, pessoas, sons e loucuras urbanas. minha vida é como uma moto ligada ao infinito dos caminhos asfaltados da eletrônica: o faiscar de imagens, uma ininterrupta sucessão fragmentada de informações simultâneas. mixes. um equilibrista em tempos difíceis. alguns dados para um jogo. pegar as coisas no ar nessa lixeira mundial. estrela que vaga por perto. ela dança, eu danço. motor de si num tempo contramão. produzo luzes. cacos de poesias. a força de circunstâncias telepáticas. a dança e as cores. como você vive? eu vivo de mágicas, piruetas etc. sou um artista de circo mamembe, palhaço etc. sou e serei. a música une os pontos numerados do desenho fazendo surgir no espaço uma solta e mágica figura a dançar. sigo o que tenho a fazer. caminho na longa estrada. junto ao podre mangue nascem flores. pras caatingas, pros sertões, para o mar, pela terra, pelo chão duro, pelo asfalto, pelo sol, pelo avião, por qualquer canção, no mato, no carro, pelas cidades, na chuva, na neve, na lama, no rádio, na caneta, no lençol branco, pela batida do coração, pelo movimento da onda, no passo, no amor. nos teus óculos espelhados vejo a cara da rua destruída; no outro lado do dial, outra canção no rádio. eu canto para o futuro o maduro em si que há no verde. do cilíndrico 19º andar do apartamento por que não cantar o outro lado do disco? sol de manhã. uma moça dialoga com a parede. atravesso a rua indo na direção do café. o sol é intenso. todos comem e falam ao mesmo tempo. um palco de infinitas misérias. como no poema, uma metralha pop a rasgar a cena, tirando os resíduos industriais. hoje como ontem: por entre sonhos. não sei decifrar. atravessar a escuridão. atingir a luz. circo, gráficos, olho mágico. uma sombra saindo da sombra no chão. silêncio no sorriso da bailarina. as cidades e seus mistérios. um lugar se prende ao outro na imensidão.

sou o fogo. não um coração de vidro. quem é bonito, o lixo? o tempo longo a dançar por entre os dados. sonho no meio da noite com a menina, o cabelo todo assanhado a roer um pão numa cozinha. fruta ácida. paisagem um. escrevendo no escuro. produzir incessante. longos e silenciosos. um filme se instaura na manhã. toca a campainha. vou abrir a porta envolto num lençol amarelo. "estou vindo de um baile carnavalesco chamado sono." a moça ri. cristais ao sol cedo. o artista tem que promover o espetáculo do futuro. na batida da fala. onde vai dar esta porta? já dormiu vestido e acordou despido? cão late na mata. garranchos. no restaurante natural peço dois sanduíches artificiais. o jeito de cortar a rua andando. teu cavalo é o coração. através de duras lentes o que não se vê. a poesia é um acontecimento o tempo todo. a fome é uma larga avenida e sem lados. filosofia da composição. letras garrafais: eu não choro, eu grito. minha voz é música atrás dos bastidores do teatro. ela é um músculo tenso que vem de dentro. bangue-bangue a seco. uma mesa, um prato cheio de textos. um chapéu, um microfone, uma tv faiscando. o mercado é cego para o aparecimento do novo. a matemática do necessário. como você se sente olhando o mundo por uma só janela? uma miragem errante. meu cérebro no raio x. o dedo indicador no teclado. material explosivo. um cão danado mordendo a sua própria cauda. dentadas e rascunhos indecentes.
a música passa pela fresta da pedra lascada para a alta tecnologia. pontas ásperas. escrevo estratégias de viver a radicalidade da beleza. vazios por entre cheios. cinema opiniático. diário do vagabundo olhando crianças no parque. molusco. notas musicais tiradas de um chapéu furado. na poesia vivo, no circo e sua matemática. o que dizem as linhas na mão do poeta? –viva a poesia! ela atravessa a sala cheia como se estivesse vazia. o rádio e a tv do ouvido. lama por todo lado. você ao telefone, eu num ônibus escolar. grifo as palavras da vida. não sei ler pensamentos alheios. bolas de jornal

amassadas pelo chão. ideias a partir do material. pássaro a voar no meio do trânsito sob um ponto de vista meu. toda ousadia é um ato político. meu nome é sol. no meio dos cascalhos: palhaços. arranhe a porta indicada, o sentido virá à superfície. há fogo dentro da coca-cola. ciclorama. flores como comida. lado a lado o livro sertão. foi-se o tempo em que dormíamos na areia da praia e éramos felizes. escrevo em cima da lata de lixo no calçadão. ossada de peixes. a volta ao mundo em 40 segundos. o universo e suas esquinas. prato de frutas. eu quero morder teu cérebro gelado com meus dentes de tubarão, cravá-los todos até atingir e mastigar o coração. grito teu nome pelo deserto. quanto mais busco a exterioridade de mim mais amplio a interioridade em mim. caroços. será que depois do fundo ainda tem mais fundo? escrevo como falo: a voz no papel ou a escrita na fala.

o que move. o que movimenta. o que mobiliza. o que não está estabelecido. o que não está parado. o que une os polos. o que extrapola. o que estoura. o que explode. o índio. o inca. o que se deixa ver. o que não se deixa ver. o opaco. o luminoso. o tentador. o terrível. o solar. o verdadeiro. o vivo. uma voz recolhida ao seu início na madrugada solta os seus tons aos primeiros acordes do dia. ela é amarga lixa no caminho da lama ao oxigênio depois.
como conviver com insensíveis imbecis sem perder a bossa? exercícios entre flores dão uma nova pele à pele e nem tudo é paquiderme no meio dos porcos. nada é palavra na mastigação labial da cachorra. a bomba explode hoje ou a qualquer momento em voo extraordinário. gomos da laranja e os músculos tensos da fé ardente. a boca sem graça da paisagem. corto o pano com a lâmina da fala. a sombra espelha o ser. o corte na mão. o sangue a escorrer entre os dedos. a máscara nos jornais. o mercador e seu canto. papos de insetos. dizer palavras: coração, acetato, gruir, foliáceo, degringolar, vereda, pneumático, diagrama, cromaticidade, problemático, fluxo, prolixo e magenta. fio *tape* da rua esquina entrelaçado. jornais, foto, mão, pernas, sentimentos, automóveis, silêncios, barulhos, beleza e edifícios. dilacerada cascavel. janela galáctica. jogo do acaso. hoje de manhã a luz era intensa. invadia todo o meu quarto e, ao abrir a porta, toda a casa, corredores, espaços. ela parecia algo assim diferente de tudo que se possa imaginar. depois veio um cheiro de coisa podre e quase insuportável se tornou o respirar. com ele o jornal e as notícias dinamizaram a manhã com seu jogo de quebra-cabeça e de armar. tudo agora parece em movimento no seu tempo e no seu andar. o ar parece cheio, dia de brincar. de frente para o espelho, vejo o contrário de mim. com uma dor no coração, tentando todas e cadê? a luz se encolhe e depois se espalha. a paisagem é quieta no seu silêncio bélico. os automóveis rasgam as pistas do dia. as cidades do mundo são agora as verdadeiras florestas. grafites nas paredes. sofisticação e simplicidade. tenho a alma faminta de desejos múltiplos. uma bússola dentro de mim que me impede de chocar contra os rochedos. riscos no asfalto. selvagem animal. a curva da boca. caminhos na escuridão. capa de revista. você se boicota na vida e na tela da tv.

a isso eu quero imensamente. algo diferente paira por outros universos. faixas e montagens. pela fresta, a manhã. preto e branco. diagnóstico poético político dos tempos. a vida sempre viva. atividades pagãs. o mais esperto conhecimento e a capacidade de difundi-lo por toda parte. circuitos nervosos do ser. terceiro-imundismo. contraditório e livre. náufrago se agarra numa tábua e constrói aos poucos um barco. passamos da semente à podridão geral sem nenhuma maturação. rasgando os dias. não ter o que comer. não ter como comer. não comer. viver e produzir. círculo imaginário. circuitos. as horas passando. a fome é um estado lisérgico. as visões se alternam, os enfoques visuais e sonoros aumentam. nos momentos difíceis grito para o tempo. a técnica advém do exercício geral. o ouvido de dentro, o ouvido de fora. a simplicidade é a máxima do estilo, do rigor, do charme. metralhadora rara. nenhuma linhagem tradicional costeia o meu caminho, a minha vida serpentina no seu riscar por estradas, calçadões, ruas, avenidas, cidades. ferramentas. os brutos ignorantes esfregam a vida no chão. igual a uma lata de cerveja se esfregada numa superfície áspera. alguns poderiam ser chamados de micróbios do novo tempo. fome de beleza. melhore sua vida diária com imaginação. estrelas errantes. centro de gravitação. um gesto aparece quando denotando a invalidade do anterior surge irrompendo e provocando a inutilidade passada. diferença entre a capacidade de produção de alguém que está se superando e a capacidade desse mesmo alguém em avançar com a força do seu carisma. ousadia não tem lugar de origem. pode vir de qualquer lugar. como flores aparecendo entre pedras. o que uma pessoa que come pode ter por uma pessoa que não come? interrogação frente ao espelho: cara ou cu? cruel armadilha armada: complô de aranhas. por uma prática não mecanizada de exercícios. olhos de cifras. qual a oportunidade que está sendo oferecida aos trabalhos dos jovens para se ter uma cobrança tão grande: eles chegam com a contribuição milionária dos erros e isso é muito bom! desenhando os caminhos, flores de lótus. natureza da lama. vestido e despido ao mesmo tempo. mesclado de sons e imagens ao mesmo tempo. frutos maravilhosos, espumas, substâncias próprias, seres vivos. laços orgânicos. becos de pedras. cego de tanta luz na montanha. treinamentos: de pé, sentado, andando e deitado. a dura luta da sobrevivência. restos, pedaços, fragmentos. meu olhar passeia entre vivos. a luz laranja do pôr do sol sobre a água azul do mar. matizes. linha da vida. comida comigo comício. até onde resistir... até onde?

pulsátil. não suje o mar. minha força me leva a não esmorecer frente aos obstáculos que o tempo todo aparecem de todos os lados querendo nos limitar, nos destruir. é preciso estar concentrado nos objetivos e fazer luzir do mais escuro algo gerador maior. o que é a nossa cara? não vivo o tempo cronológico. tudo é misturado. pense alto. o outro lado da barriga. um rosto, vários rostos. todo dia, coisas novas. contrastes arquitetônicos. visões diferentes. revista musical sobre acontecimentos. em todos os canais, por todas as brechas. o tempo no tempo. rosas e lama. noticiários e *cartoons*. café amargo. rápidas leituras. o poeta no *talk show*. o espírito da mata virgem. encontrar o ponto.

motor informático. janela aberta a visão. desentupir o entupido. os orientais. café áfrica. difusores degraus. fala direta. indo sonâmbulo. paisagem em movimento. palavras flechas. apodrecimento da semente. escrito com a alma. as mãos da linguagem. a consciência do silêncio. seixos. lendo a estrada pelo vidro da janela. abaixo os escravos da tecnologia. mexer com a imaginação das coisas, mudar o lugar delas, o sentido, o polo, criando estratégias, dando-lhe outro espaço universo, recriando-as num plano superior ao atual, transformando-as, dando-lhes cores revolucionárias, energizando-as. todo verdadeiro artista é feiticeiro no seu jeito de demolir e edificar conceitos. galos rasgam a janela do silêncio. o relógio anuncia o exato tempo. um ou outro auto corta as ruas do território urbano. cães lamentam a madrugada indo embora.

o exercício da manhã do novo dia se instaura no espaço clarão se abrindo. pichação e informação senão o caboclo esquece. tudo é mundo sob este azul. pássaros cantam. exercícios diários fazem a vida melhor. circunstâncias celulares circulações. vencendo os obstáculos, quebrando os icebergs, as cercas. meu mundo começa em mim e explode no mundo do mundo. por que o retrato de desolação causa uma depressão tão profunda? *outdoors*. via pública. duas mulheres olham-se entre si. galinhas cacarejam. alguns sonham em fazer algo por esse povo. mas o quê? corisco azul. entulhos. gravar no futuro a feira. ir passando com o gravador por entre a multidão. a população e os números. poemas na esquina. andamento pausado. narração aos amigos. urubu e cão. campo aberto da fala para grande plano do universo. caminhar dançando na estrada amarela. descaracterizações generalizadas em vários degraus. a manhã abre-se clara e cedo por entre os morros. tudo parece respirar. vozes infantis anunciam os matutinos. esgotos a céu aberto. lixo humano. o podre do podre das camadas sociais em massa enfileirada. tenho no nome inscrito um santo guerreiro. treva braba, a sensibilidade da lâmpada. no meio do caos. o trânsito intenso. tempo assassino no país dos miseráveis. a boca do cavalo. andar cedo. ruas próximas e ruas distantes. rolantes. talisca.

visíveis e invisíveis texturas. halo, linhagem mandibular. luz laranja no céu noturno. nas avenidas, exércitos de maltrapilhos. dentro do túnel. mármore. do nada ao zero estrangulado. um lado outro lado. alguma quase música. rompe casca aparece flor. a coisa vai tomando a cara do produto. várias vozes numa voz. no meio do trânsito um pássaro voa sobre um ponto de vista. a ginga do atleta. o sol explode gema de ovo atrás dos morros. a vida entre restos. século nunca. rue. olhando a escuridão. meu papo não tem nada a ver com retórica empolada nem com academicismo. a semana começa travada e tem que destravar. bem-vindo ao futuro opaco. limagens. aberto ao tempo. palimpsesto. achei-a sem pensamento no olhar. pelos nãos pelos sins. o mundo é um gueto e isso é um basta contra os aprisionamentos. o rabo quente da poesia. armar e fabricar. sombras, silhuetas, enigmas. pássaros do deserto, cara despedaçada. filmando a atualidade. labirintos da existência. choques ou estado musical atual. acertar o foco do olhar. no telão alta definição. carne no prato. hoje o sexo foi inevitável entre nós. círculos de cimento. domingo sunday dimanche. correndo por um objetivo, vencendo as dificuldades. pense trajetória: pensamento doidivanas. na luz outros elementos. na escuridão, visões. vanguarda bar. samba na caixa de fósforo. o estado bruto do cristal. inserir novidades. do claro ao escuro, do escuro ao claro. horizonte das coisas. linhas retas, linhas tortas.

a insaciável sociedade de cima, de baixo. pulando. saindo do gelo das garagens. tambores e tamborins. escrevo vendo imagens na tv e com o som ligado. um trem corta a noite. cultura de ponta. não sei não mas certas pessoas vão perdendo o pique. rio corrente. passos. sementes. corpo total. quando algo está nos oprimindo devemos gritar. um coração aceso é um coração aceso. a mendiga grita: sou das américas. eu amerikana, ratazana do mato. selvagem das ruas. responsável pelos meus atos. nada nunca mecanizado. o dragão chicoteia o rabo. atração magnética. situações cotidianas. pensamento bomba. nada não nunca.
adiante atrás na frente. o bailarino borracha. corpo mola a se torcer. salteadores de estrada, bandoleiros. bandidos, vagabundos e prostitutas. bagaço. dança das mãos. realidade virtual? ferramenta poderosa. a menina acorda de mau humor. revolver a terra. eu sou teu pai. pareço teu filho. fio de ovos do pensamento. intervalos de silêncio. entre nós dois na cama hoje, ontem e amanhã. fixar muito tempo um corpo luminoso cansa a vista. plenilúnio. açougue. pés-de-bois cortados. índios cotoxós. superfície fria das coisas. seus olhos são seus? tudo no universo se interliga. cada buraco de agulha. esteiras, estrelas, triângulos, círculos, retas, curvas etc. passagem de um ponto ao outro. música brega sempre existiu paralela à chamada música de invenção. saturações nas linhas. tarefas chatas e algumas interessantes. vivendo intensamente os dias. há alguma luz na garota faminta que acena com alegria. meu olho passeia paisagens, cidades. no espelho, a natureza refletida. leituras de pedra. solidão de mim. bicho do mato na esteira cibernética. meus olhos filmam tudo. pés e mãos atados.

parabólica estrada. faça sua estrela brilhar. gente simples numa íngreme estrada. consumidores e produtores. cidades presépios. mundos universos. ponto extensão. norte sul leste oeste. abrindo caminhos. por estar vazio e inundado de luz. andando pelo árido chão. pelo meio do agreste. pela palma da mão. no canto dos olhos. lançar luzes sobre as coisas. momento da fala. palavras na ponta da língua. pântanos sujos. borboletas brancas. saltitantes sentimentos. a américa selvagem, a américa libertária, a américa dos bárbaros. atuações em diferentes espaços. como se fosse uma radiografia social do corpo feito por satélites. visões das veias expostas. menina cantando: "eu tenho uma luz guardada numa caixa trancada por um cadeado, escondida num lugar onde nem eu mesmo sei mais onde está". cortes abruptos, respiração. vazar, extrapolar, explodir. a poeira da estrada. cobras e lagartos. cultura da digitação. nunca consuma o que te faz mal. a sombra da luz projetada no teto forma uma outra coisa. o que rolar, rolou. as experiências com a dor e o prazer desenham e traçam caminhos do caráter do homem e do mundo, da sua luz própria para as coisas. descascar a fruta. aqui do alto, sexo selvagem na estratosfera do desejo. a história da corrupção aqui aportou e se alastrou. e o que parecia como novo e novidade como matéria de exportação mostra-se hoje repetitivo, mesquinho. sem códigos. deserto de cactos. quarto azul de hotel. dias mágicos. ser todo ouvidos, ser todo olhos. fios das palavras. bolhas nos pés de tanto andar. não à mecanização, à robotização geral do corpo. parecendo um caroço. mas a casa já está velha e tudo ameaçava cair. não é fácil, nada é difícil. parado é que não há movimento. cacos. biombos. céu da boca. concentração com afinco. uma multidão de cegos. cantos e danças. cores da dicção. a bola é devolvida ao jogador pelo torcedor. mágica silhueta tua na noite entre o desenho silencioso dos edifícios imóveis. olho de serpente. do zero ao zero. em cima do galho da árvore. a poética fotografia de nós. a pena e a peste. o olho inchado da razão. pulando as cercas. crianças cantam no banheiro fechado. eu só atravesso, atravesso, atravesso e não chego a lugar nenhum. linha da vida. a vida dramática e a trágica. o inferno é aqui e ali também. superfície áspera. proteste contra o crescimento do conformismo.

calo na barriga. sou do tipo índio caboclo, logo que o dia ameaça nascer quero pegar as trilhas do mundão. livre como um pássaro. íris. afinando as unhas no azulejo do banheiro. *amore amore mio*. o contorcionista. carros em chamas. quem nunca esteve metido num equívoco? um arroto dentro do compasso. o buraco na camada de ozônio. o superaquecimento do planeta. variedades gerais. torne a vida interessante: recorte revistas, faça colagens, você se sentirá livre no ato de cortar detalhes e criar outras coisas e inventar mundos especiais. nada se acaba. é abandonado mesmo. o beijo na boca da víbora. entre nós a luz do neon. show de palhaços. meu coração está em festa. de frente com a felicidade. a voz no voo humano. finjo sentimento na canção. passo o dedo pelo botão do rádio. as notícias são demais e eu ainda nem abri a cortina para ver a paisagem. para que barreiras? quando os micróbios conservadores se unem... conferência do tudo e do nada. algo veneziano: gôndolas. quando algo quer estrangular a minha voz, me solto e bala. debaixo da luz do poste. fora dos códigos. no poço da solidão humana.

não faço concessões. a fome começa a me provocar uma fúria interna danada. tenho vontade de pular no pescoço da primeira pessoa de que não gosto e que está pela frente. negro azeviche. mão abre o trinco da porta. a terra a girar. cidade grande. costas das mãos. a alma das coisas. a serpente que se come. circulação periférica. claros escuros. o que funciona para você, não funciona para mim. fome de sexo no olhar da vizinha. para não enferrujar não se quebre, não se deixe quebrar. céu violento, azul metálico, seixos no chão, jogos de espelhos. só tenho certeza na dúvida. do estalo nasce a poesia.

tigre asiático. quantos atos tem a vida? viajando entre belezas e vômitos. meu coração bate a mil por hora e queria fazer um uníssono com o teu. por outras entranhas também. os políticos só sabem fazer merda. curso natural do rio. desenhos. alguma coisa que, ao se olhar, se vê tratar de projetos. machucou o braço? o mundo está doente e é impossível familiarizar-se com o desastre.

nada é permanente. não parar no tempo dos outros. frutas no sábado. a trágica condição humana. a brisa do mar. bar de hotel. o dia, a situação geral e as guerras no mundo. como um soco no estômago. queria habitar o teu pensamento. lírica claridade. ele diz não, ela quer sim. algumas bolas na área do silêncio profundo. mundo de ratos. alguns abandonados e os desertos. espiral ascendente. imagens e alimentos. sentidos abertos, a captação do ar mais novo. haverá campo de trabalho nos anos seguintes? se falará sobre isso? ou todos serão robotizados? o brilho interior da garrafa. seu brilho próprio. que se espalha. o brilho no escuro que brilha. brilhar sobre uma teia de aranha. comida estragada. tecnologia de ponta, ignorância total. tecido ao acaso dos lances. gatos em cima dos muros. o músculo e a fome. alinhavando. múltipla sexualidade. onde a saída? cada um no seu cada qual. nua simplicidade. a poesia nos letreiros. o conhecimento do corpo. mexer com a linguagem. decifrar as linguagens. tudo era denso, áspero. eu ia por um lado da rua. você vinha pelo outro lado desta mesma rua. tudo era breu e ninguém via ninguém. o ponto alto do ator no palco. não sou um canalha. minha solidão é dor nas cordas frouxas do violão. artistas contra o racismo internacional. nos sonhos cavalos brancos selvagens. ela no meio dos escombros. luz vertical no espaço espelhado do salão. internet galáctico. os tentáculos abertos do polvo na mesa. aviões de guerra metralham a praia deserta. dias horríveis para o ser humano. nomes no cimento fresco. ela pensa que é sabida e cada hora mais se atola no esgoto familiar. os filtros por entre as pedras. a tirania nos lábios da madame. onde a felicidade? no cordão esticado ou no maço de cigarro amassado? a goela aberta a mostrar a goela aberta. compor no todo um movimento. as estações e os focos de brilho próprio. na ponta da faca quente. a vida é curta para se jogar pesado.

uma coisa azulada próxima aos olhos. alguma cilada sempre a nos mexer. iluminação no interior. agilidade no exterior. acordo, tomo café, leio jornais, volto a dormir, ouço música, cago, rabisco algumas coisas, penso, leio, olho o céu azul, deito de novo, tento dormir novamente, o telefone toca, não é ninguém, estou preguiçoso, preciso de ânimo. ufa!

alafia. duchamp, gertrude stein, tv, livros, filmes, glauber, john cage etc. inventar o dia, a pança. começar com boas. tirar carcaça dor de cima de mim. fazer aparecer o novo. filtro de visões. invenções ao sol. prova de balas. movimento do comércio. assim assado. pontos para explosão. flores vermelhas. mormaço. luz opaca sobre telhados. uma coisa atrás da outra. itens, esforços, equilíbrios. essenciais, cargas d'água, espumas na banheira. dizeres, clímax. embaixo em cima. ações, agitações. algo mais para ver. o que der, o que vier. se não desafinássemos, não seríamos instrumentos dignos para tocar no baile vida. fruta quase que madura. pedras preciosas. alguma coisa vai acontecer. tem que acontecer. asas. a chama acesa. um vaivém frenético de ideias. batucada. incensos. esse teu olhar de lua cheia. pelos cantos. feras soltas. fibras que se envolvem, fibras que se alastram. fibras por toda parte. um fio no outro. uma conta na outra. um pássaro sobrevoa a cidade. ele é azul. ele é azul. ele é azul. ele anuncia com seu voo um ar diferente. próximo à superfície. fundo do lodaçal. ser leve quando tudo está pesado. pedaços de peixes na mesa à mostra. a cara dos homens frente à carcaça geral. espinhas aos olhos do gato faminto. sala de jantar. club cabaret. cidade alta. cidade baixa. espalhar atmosferas. atravessar o deserto escrevendo. fazendo anotações. estradas infinitas, desenvolvimento da linguagem. notas musicais soltas. pés no chão. passos. pé quente. areal, lamaçal, cactos. aqui o começo. onde o barco sai. aqui o tempo. aqui agora. aqui adiante. o mar como metáfora.

e no entanto ela se move. no entanto ela se move. mesmo parecendo imóvel ela se move. meu nome é dinamite. nasci nos sertões e vivo nos desertos. dois palhaços, dois coveiros, duas bailarinas. não deixe para amanhã o que pode viver hoje. e eu a beijei ardentemente. sou um equilibrista sem nenhum arame. posso ver na escuridão. se são manchas, riscas, alguma coisa. um pouco de terra e lama. minha língua sobre seus seios nus. aqueles dois bicos, pontos que me escapavam. pulavam feito peixes na água. seriam alguns marcianos? eu estava em transe. pensei até em dar uma bofetada no ar. por alguns poros do corpo. é assombrosa a quantidade de coisas que podem ser vistas na escuridão quando se está dentro dela. ela me trancando no quarto. não me dá comida, nem água nem nada. e quando abre a porta e me pega olhando a janela me amarra no pé da cama e me bate muito para valer e assim passo dias inteiros. um cego e sua viola. o tique-taque do relógio. sinto falta de ar. será que teremos munição para hoje? somos ou não somos contraditórios? há mais coisas entre o céu e a terra... do céu desce um anjo envolto em densa nuvem e fala com voz de estrondo. o céu se abriu e no lugar do céu acenderam luzes e ele tinha na mão uma metralhadora. existe diferença entre os números e as letras? os trapezistas e seus saltos mortais. sua língua se mete por toda parte. amortece as células do meu cérebro. mexe com a lata na prateleira, liga o micro-ondas sem nada dentro. faz cantar a enceradeira parada num canto da sala. esgota o possível e o impossível. treme o lustre de cristal. provoca um furacão no galinheiro. o cego cantador e sua lenga-lenga sonora.

ano cabeça. tronco e membros também. os dias seguindo, rotas e metas. sentidos e universos. interrogações. sementes. já desenhei no meu corpo, nos meus passos, no meu ser pelos anos afora. moças recitam gregos e troianos. cena por cena. não saia da floresta. o que seria a sabedoria ocidental? seria o conhecimento ou o desastre total? os desejos sexuais se manifestam mais fortes no verão. faz sol lá fora e eu aqui. não adianta chorar entre quatro paredes. ligo a tv, vejo desenhos, leio jornais e livros. da janela carros e ônibus cortam as ruas. estou sentado nu na cama de frente para mim. as coisas têm que ser feitas na hora que devem ser feitas. na hora do necessário. como pedra rolante. diariamente nos defrontamos com conotações de extrema ignorância o tempo todo. cantadores e feirantes. algumas coisas empatam a expansão. algo ralo. globo ocular. o que pedir aos dados? – não pense muito, apenas jogue. lances de percepção. o grande inimigo da inteligência é a burocracia. a modernidade não comporta limites territoriais. o campo deve estar limpo para o desenvolvimento social. cada dia é um novo dia. existem civilizações e civilizações. eletricidade nas veias. canção coração. orla atlântica do olho. ela foi um gênio. miseráveis aos montes nas ruas do brasil. cidade morta. antena parabólica. painel do futuro. tarô na tv. candomblé elétrico. filme b. no árido deserto a ação se processa em tons cruéis. parece uma hemorragia. luz dançante. computação gráfica. escrito sobre fogo. jornais diários. olhando para as paredes: o que fazer? há um câncer social: a moral se derretendo para os esgotos. o guerreiro é um solitário. tem que ter uma saúde física e mental muito grande para saltar os muros e derrubar barreiras. ele divide a felicidade. solidão na jaula. cicatriz. jornais velhos. cascas de frutas. rio primitivo. desejos contidos, angústias. olho mágico. rolos de filme. a luz no texto. quartzo rosa sobre a mesa. as pessoas comem lixo. audição, visão, faro. bala perdida. fuzil ar-15, zoadas e buzinas. esperando passar as horas, o tempo, deixando vagamente que a nuvem cinza saia e as outras cores tomem todo o panorama. tornando-o mais colorido e animado. de frente para, de frente para, de frente para. o quê? não à robotização dos sentidos. boneca de revista na vitrine.

ferro e inhame. estilos e fantasias. princípio do prazer. campo da palavra. o lago de narciso é lamacento. pelo orifício infindo. *à quoi sert?* sim e não. pela escrita. o caminho. outros e uns. de qualquer lugar onde você esteja dá para sentir o mundo. vida life vie. a fala igual a uma rajada de metralhadora na sua ação. ele morreu gritando por mais luz. cotidiano zero. não dá para suportar tanta pressão calado. o luar do sertão. círculos de luzes. cor dos tecidos. lábios. sou como pássaro: aprendo a cantar no escuro. combinações, exercícios para esquentar. a imagem do coração humano batendo no seu tempo real. realidade virtual. o movimento do olho. fique de pé frente à janela e olhe em volta. mexa a cabeça. imagens ao mesmo tempo. comendo pipocas no ônibus. noticiários na tv. painel do mundo. ator diz: "não faço o tipo hollywoodiano". descobertas arqueológicas num cubículo de um edifício em new york. onde ficam os outros? em que espaço? ogum. cultura pop. às vezes pensamos que a cara das pessoas é o claro e elas afirmam o contrário na escuridão. comentários rápidos de mesa de bar. os barracos na beira do abismo despencam. pela tv. pastel asiático de queijo. vozes anônimas. técnica e sensibilidade. pensamento livre dançante. como curtir o mundo.

umbigo. desenhos animados na manhã. patética música. na estação do metrô. os burocratas das secretarias de cultura quando falam de cultura se referem sempre às coisas passadas. por que nunca investem no presente, por que nunca topam projetos quentes e novos experimentais? o outro lado do mundo: os que têm fome e querem comer. vida interativa. canto o que sei e o que não sei cantar. colheita. meditações à beira do mar azul. como o brasil caga na cabeça do brasil. a velocidade da luz. a tv desligada, ela desligada. a praia ao longe, as ilhas. sei de você através dos jornais. é necessário programação. lutar, lutar, lutar. propostas radicais para quebrar o conservadorismo da sociedade mundial. exigir muito para se conseguir um pouco mais. não desistir, não deixar se abater pelos obstáculos, não parar. várias coisas ao mesmo tempo. não limitar a individualidade num vazio demarcado de espinhos e ressentimentos otários. tratar a sensibilidade como se fosse uma pele nova luminosa a causar atrações e unir viajantes. sementes e flores. clarões amarelos e laranja. o tempo está estranho. o trem vem vindo. abismos econômicos. filtros.

selvagens das cidades. ninguém é culpado de nada. mas como não? quem é culpado de alguma coisa? não desistir. continuar. para que insistir? leituras. suas cabeças são cientistas. seus sentidos são os instrumentos e o mundo o seu campo de experimentação. computador como mídia antes de ser um brinquedo. informação para o futuro. não dá para se viver com saudade. a grande tragédia da vida é não viver. por que não o fim das burocracias? *la mer solitude la mer*. dia violento. mesmos personagens se encontram em frente ao mar. fios na areia da praia. estabelecer partes. meu caráter é a invenção. de vez em quando é preciso dar um tempo de tudo e avançar por outros espaços. sexo e política. o dia todo. as horas do dia. encho o saco delas com coisas. apronto sem parar. retas e curvas. às vezes fico perdido na areia movediça da sobrevivência. estou numa batida angustiada esperando esperando esperando, o quê? tem algumas coisas se processando e é preciso que se processe no tempo para acontecer. o brasil passou da inocência utópica à maior podridão sem nenhuma maturação. ordem das freiras xoxotas mal lavadas e padres do cu sujo subindo a ladeira do caralho em pé começam a peidar sem parar. a quina da mesa. a voz do coração. área para ser semeada. o poeta e o papo da sua tribo. rede de informações numa sociedade de capitalismo dependente. a boca na tela. já encontrei na lama quem eu queria. cacos e retalhos. o plano da escada rolante ao contrário. diferentes caminhos. essa geografia está impressa na retina dos olhos. no movimento das coisas em si. uma névoa dança entre mim e o sonho. na ponta da faca que brilha a luz do luar.

o dia ainda estava escuro eu arregalei os olhos por entre as palhas que me envolviam durante o sonho. eu estava tenso, os músculos em pedaços. aos poucos fui sentindo o corpo e o ar da região. ainda não funcionando o broto motor da fala voz. por entre descargas sonoras de outros seres em tentação. ela engolia tudo o que passava pela frente: vidros, bagaços, carros etc. ela era uma máquina veloz no seu jeito de triturar. ela engolia e queria mais o tempo todo. era insaciável, incansável. a situação social e política do brasil depois dos militares no poder é terrível. é caos por toda parte. a luz era muito forte nos olhos do gato pardo a caminho do canadá.

e no entanto e no entanto e no entanto nada acontece em lugar nenhum de transformador. ele atravessa o parque com uma calma de cisne na água fria do lago. nada me basta, me abasteço no nada. ela pobre caminhando na estrada. roupa rasgada sem estilo nem rumo nenhum. qualquer vento é aquele que a vida lhe forneceu. e a vida não lhe deu nada a não ser isso. não lhe deu nada. não lhe dá nada. nunca nos dias todos da semana. e no entanto ela maltrapilha e só agita a bandeira da liberdade de não ter apegos nem rotas. vive ao léu. um pedaço de gente como tanta gente no mundo.

alguma língua. algumas linguagens. uma mão tosca sobre o papel branco. guitarra solitária ensaia alguns solos. tudo parece despertar. os olhos permanecem grudados por uma cera que não desgruda fácil. mancha escura e clara. todo tipo de gente nas ruas. o céu e o inferno de *wall street*. um profeta diz: "meu escritório é o parque. vivo dia e noite aqui". e por aí vai. *broadway*. sexo selvagem. a garganta da besta. maltrapilhas. trapos. a bandeira rota, o meio-fio das ruas. o comércio ambulante. variedades e variantes. audio-tape. hot *new york* time. você tem cheiro de carne na boca, nos dedos. trituro com os dentes as palavras que mais amo enquanto policiais nos cavalos empestiam a paisagem até então clara e despoluída. doidos gritam. tudo é chão no encontro dos dois rios para o mar.

vassoura espiritual. dentes de tubarão. pincelada que a imaginação vai fazendo pelos contornos da mente. claridade opaca. luz dos teus óculos escuros. tiro aqui boto ali. escultura móveis. pés pelas mãos. *jam session*. homens e máquinas trabalhando. coice. voz mole. inflexão dada às palavras dá mais significado, ou melhor dá sangue ao que era nada. no parque sentindo as contradições num dia qualquer de sol. do ano x. do final do século vinte. suas distorções. nada cai do céu nas suas mãos. positivos e negativos. alguém sempre ganha e alguém sempre perde.

alguma física. a cápsula se dissolvendo num copo de água do mar. a bicicleta motorizada. o sorriso afogado num rosto doente de mãe que não fez esforço nenhum para parir. uma puta insensibilidade. a rã que não salta. primeiros esforços. a lata de lixo. o guindaste do porto. hábitos horríveis de dizer sim e não ao pão. sem ponto fixo. nada a fazer. qualquer malabarismo do acrobata no fio sem nenhuma cama elástica. o ar e o vácuo das coisas. o mágico desaparecimento do algo concreto no espaço. saco de pancada do mundo. área lamacenta. edifícios em volta da praça. a pista errada do jogo. a pistola engata apontada para o alvo. algo terrível. algo cruel. algo simples. o arroz na tigela. a boca do lobo. o jornal amassado na calçada. a porta-voz do diabo brasileiro no alto do empire state building. a carne na grelha. o susto do macaco. civilização e decadência. será que eles pensam no amor?

não empombe a circulação sanguínea dos fatos. se você é fraco. torne-se forte. aprecie e aprenda o mundo. fora dos dados fornecidos pela árvore genealógica. o paraíso e o inferno. tudo é *merchandising* e onde tem lata tem produto e onde tem isso tem aquilo. tem gente por trás da cortina do palco industrial da ascensão e queda do império capitalista. segredo no ouvido da ostra no festival de verão. as tribos e seus sons. alianças libertárias dos costumes. nos países do primeiro mundo onde mais se propagou a destruição pelo mundo afora e onde a consciência ecológica das coisas tem mais força. o podre lago. os monstros passeiam de um lado para outro da avenida principal. o trágico e o cômico. uma rápida paquera. nada de tão sério. algo efêmero antes da chuva. entre os automóveis. um molambo de gente. galinhas ciscam no seco cimento. o tradicional coça saco. vontade de esquecer. largar os anéis no banco de jardim. ela vomita todo o macarrão no colo do marido. ele faz jeito de sujo para passar por moderninho no meio do lixo. borboletas brancas saem de um velho livro. o balaio de roupas sujas. e a história se passou rapidamente. da tela caem gotas de sangue e é tudo mentira num mar de verdades. mexer com as coisas. balançar o coreto. os mangues podres. atravessar até a margem. mas que margem? comer as mãos. outra visão. ninguém é de ferro e chega pela questão.

dias tardes noites. a celebração do óbvio: a merda mental sul-americana. a capacidade de engrandecer o banal. das sacadas a gente firme no trabalho. as línguas se entrelaçam. onde os humanos no humano? falar de arte. cultura. neste mar de misérias que é o brasil, trata-se de um privilégio. alinhavando as coisas. o interior do relógio. a diversidade física dos indivíduos. deficiências econômicas. o observador vive um estado fixo de captações da sensibilidade. ficção e filosofia se intercambiam. dentes de cavalo. caroços. foco dos seus olhos. cigarro entre dedos. fosca visão. roupa de dormir. cheiro de ontem. zona da mata: um casebre. na beira da estrada, uma moça. um coração, um crânio. clara visão. cavo em mim as coisas entre o feito e o fazer sem referências morais nem geográficas. algo no mundo das culturas da imagem. paixões fundamentais: poesia e ciência. não suje a cidade, não suje o mundo. shows em casa noturna. fundo de quintal. atiro para o sol com meu revólver de plástico vermelho. mudanças. *merchandising* o tempo todo é insuportável. fim da era industrial. início? gostaria de escrever um livro que só teria o título, o resto seria em branco. algo entre o científico e o lúdico. os problemas sociais brasileiros estão cada hora mais num emaranhado de fios misturados uns aos outros que está difícil desembaraçá-los. mandando tiroteios. a flor da brutalidade. urinando numa pia com a torneira ligada, olhando o espelho na frente e dizendo frases, *slogans* etc. para me livrar do que me angustia, escrevo textos, crio *designs*... quando a barriga grita de fome aí é o outro lado do mundo. as horas no olho do tempo. a mudança nas lentes. e passaram-se os minutos, os dias, as semanas, os meses, os anos, as décadas, os séculos e o silêncio se instaurou ali. tornou-se uma grande bola de neve muito imensa. articulações. é preciso dar fio à linha para que o mercado se expanda. depois de um tempo é possível olhar o que foi o nosso amor. vista aguda. estar sempre em alerta. ela vai ao supermercado e não compra nada. o cego e a estrada.

a correnteza vai passando. no olho da rua. cotovelada. os trabalhadores e em volta o palhaço e sua descontração. o cordão umbilical. a volta por cima do pescoço. o grupo do homem azul. dicas de viagens para a lua. o ar poluído demais das cidades do planeta terra. o grito primal. vênus a estrela. mosaicais. adentrando no dicionário, mergulhando na significância das palavras e seus territórios conceituais aberto para a compreensão e extensão da pele corpo. o coral de vozes infantis famintas. o dedo de deus e do diabo na terra do sol gema. o complexo arquitetônico do ovo. a simplicidade perturbadora das linhas do trem. catálogos. a vida cosmopolita. os cafés e seu tempo francês. não tornar os compromissos estressantes. perfil das situações. mapa de tudo.

o caracol e a música do mundo. a aparição da exclamação. onde o silêncio? certas circunstâncias têm que ser esclarecidas do caso xyz. mordo o que não posso pois o que posso já mordi. o mergulho na piscina clorada. o espelho da retina. grafite: está com fome, saqueie. fragmentos de uma sensibilidade que produz um ritmo. estandarte utópico de ideias. artista de circo. ventos e vitrines. sua cara suja de sangue no primeiro ato do teatro. flautista no topo do mais alto edifício do mundo. anjo pensativo cola asas nas costas para tentar voar. mãe adormece no colo do filho cantor. a mão que pensa. o cérebro que é mão. o porto e suas pernas. pregos. arames e holografias. dura clareza, esqueleto das palavras. aprendizado e coisas. dor e fúria. vamos lá: o sexo é uma libertação. mas reduzir tudo ao sexo é uma alienação geral do prazer. folhas de caderno nas árvores estraçalhadas. folhas secas no chão. fala panorâmica. garganta lubrificada pela luz do exercício matinal do fluxo e da inflexão. conhecimento científico do primitivo. ignorância enlatada das elites. o sorriso do canalha. a hiena poeta. brisa marinha. rio caudaloso de esperma. o coração humano sobre o frio mármore. peixe na água livre do movimento.

textos sonoros. nada me prende a nada. esferas e cilindros. bar qualquer e vazio entre os homens. por que se tem que obedecer a códigos? passam os carros e amores pela avenida da vida. memória fixa é o ó. de um modo geral os executivos são uns cafajestes. a sombra das palmeiras. jogo de armar, rasgando papéis. fazendo canções. plantando bananeiras. piratas sorridentes no computador. hecatombe nuclear. linha azul elétrico. câmera indiscreta da janela do cinema. cinto de couro com fivela de metal. lado moleque do ser. pedras carcomidas pelo sal. vela branca do barco. ele tem jeito de rato. a cidade sem véus. movido por impulsos interiores interessantes. forças contrárias querem sempre frear o motor do inventivo. as paredes do sólido. produções e peças no sol. fábrica de comida requentada, ou seja, requenta uma vem outra outra e outra. o espelho espelha o carro que espelha o espelho. o *outdoor* é de primeiro mundo mas a vida é de vigésimo mundo. dia a dia. vamos voar viajando nas estrelas. um monte de cruéis notícias. cáries expostas. o poeta do caos. de vez em quando questionar todos os valores. placenta.

tendências contemporâneas de vulgaridades. onde encontrar o gás? o cérebro é um centro. sem pé nem cabeça. putrefação. sem fim. as pororocas e as terras caídas. bárbara banda do mundo. flores vivas e pássaros. gurupito no cavalo alado. nada de figurativo no cenário do show. totalidades plásticas. lago profundo. área demarcada por microfones. a farsa social do casamento de contratos. vulcão em constante erupção. lodaçal de mel e ouro. cristal límpido. você está próximo à boca do inferno e começa a gritar por religião. está tudo mais para funeral do que para carnaval. bola de cristal. espinha dorsal. barulhos nas esquinas. esburacado caminho. gato baleado. ovo estrelado no asfalto quente. diz não diz fez não fez foi não foi e assim e isso e aquilo. macaco pulando de galho em galho. noturnos sofisticados sons. a mediocridade só pensa no último modelo do automóvel. curso vivo das perguntas. campos cerrados das batalhas. depois do lugar ideal vem o lugar comum. o foco auditivo e visual. o tecido em si. como congelar o comportamento? qualquer via. serigrafia na madeira e sobre a tela. luzes e corpos flutuam no ar do espaço. planos-pilotos. brilho interior da garrafa.

sobre uma teia de aranha. comida estragada na mesa do banco. ao acaso dos lances. rasgar o espaço com os dentes ao máximo que puder. capacidade auditiva. idade da pedra cavernas paleoíndios. quero entrar pela tua boca. no teu céu me dissolver feito bala de bombom. pegando para capar o assunto. ao ar livre. todo mundo diz hoje matar. ninguém pensa nas consequências. o racismo declarado. a guerra aberta. mata-se por qualquer coisa. nas cidades. nos campos. por nada. uma mulher pobre rouba no supermercado uma lata de leite em pó. é uma faminta e cega. é presa imediatamente. e os grandes ladrões? nada acontece com eles. você fala alguma coisa diferente pode levar um tiro. tempo de assassinos. alguma coisa orgânica. é fundamental a imaginação. lentes para o contemporâneo. tempo cruel. ao mover-se tudo move. ímã. um guia para a vida prática. tudo com o tudo. mata-se a varejo. por uma dicção mais eficaz. palco de palhaços. cortes drásticos. corredores da agonia. minha fala é como se fosse um explosivo. fétida flor da podridão. luz azul.

rica mistura. pensamento fértil. silêncio e em volta o burburinho. paradoxais. aproveitando o fim do espetáculo acelerei nas falas para que tudo não ficasse igual a um depósito de esperma vaginal. igual à abertura das flores. sinuosidades. não se vive de passado. o termômetro das reuniões. seus olhos abrem-se imensos como dois caroços. a distante visão por entre cortinas. vereda de acessos a pedra pura. se mexer tem coisa e se tem uma tem várias. ver mais longe que os olhos. no brasil de hoje está se contando nos dedos quem não é comprometido com corrupção. os acontecimentos diários no mundo nos levam a não ficar preso a nenhum conceito, a nada. eles querem perpetuar uma foto da vida no sentido que empata o aparecimento do novo. eles querem estancar a corrente sanguínea do possessivo, do explosivo, do endemoniado. sem som nenhum no salão cafona. rosto penumbra fera. escreva várias vezes a palavra desordem pelo corpo afora do tempo. a umidade que se instaura nas paredes. paixão seca. balas de algas. saideira homeopática. tensos músculos, delírios e razão. limpar a cabeça dos clichês e do lugar comum. programação visual. editoração eletrônica. foto de luxo. sonhos extremos. zona azul. espaço vazio para ser preenchido com impressões digitais. ela emerge da lama. rápida no gatilho. como a febre. a felicidade não basta.

são mágicas as luzes sobre a ponte, elas se apagam e se acendem. polimento. chega para lá, coisa suja. porca podre insensibilidade, tu é o cão nada não. coração tu não tem. os povos primitivos usam as táticas mais simples e são de uma sofisticação absoluta no seu fazer universal. sinais. o homem conversa com os rastros da estrada. o estimulante é o desejo de transitar por outras áreas. caminhar do caminho. buraco fundo da filosofia. jeito livre de escrever. faço, o tempo todo, um exercício filosófico sobre a arte. as raízes são amargas e os frutos às vezes doces. os inimigos do planeta. no efeito estufa, poluição atmosférica, na degradação da camada de ozônio, lixo tóxico e chuva ácida. dias claros e dias escuros. nos centros urbanos: criminalidade, violência, extremismo, terrorismo etc. tenho um cheiro de mato em mim, na minha alma viajante. as dissonâncias, o bric-a-brac, o tempo veloz das cidades. o caos das ruas. a janela, a faixa solar. um homem ri com seu walkman. bandidos e policiais trocam tiros. sinais de trânsito. olhando o oceano: sou um homem do mar. elemento mágico. início de uma coisa, outra. um ponto, outro. uma luz, outra. códigos e sentenças. a mão sobre a placa de ferro. a ilha, espumas. não há do que temer. flecha ideológica, o calor das luzes. metáfora de fim de século. avenidas digitais. porta de entrada para o mundo virtual. centro de produções. um avião para voar primeiro precisa aquecer as turbinas na pista. tempo total de reciclagem do ser. o prazer de criar. a palavra nos distingue dos outros animais. na época de dor se fortalecer. conter os impulsos. mudo a máquina de informações. mudo de canal. desligo geral. um rebelde sem causa romântico. o meu coração mesmo sendo de alguém é sempre aberto. as explícitas desigualdades sociais brasileiras. estamos vivenciando um massacre econômico. colagem de movimentos. unir as partes de mim. você já esteve com uma jararaca nas mãos? pés no mar. água salgada, algas dos lagos. agitar o pensamento antes de usar.

toda a estupidez humana. a desordem universal. toda a palavra enigmática. o caminho do novo é melhor que o instalado no estabelecido. o artista e o atleta se agigantam nos seus objetivos. abra os olhos: um facho de luz outro. pelado com arco e flecha. luz do sol a pino. o silêncio e a sua plenitude. regiões periféricas do ser. jogo de palavras. alta velocidade. no coração da linguagem. falou falou falou na boca do vento: que século terrível esse! quanta barbaridade! quanta desumanidade! dizem que o que importa é o efeito fotográfico, o televisivo. o luxo das classes altas, a vida dura das classes trabalhadoras. o deserto. tenha cuidado. o que precisamos é amor. pela sensibilidade aberta incorporar as novas conquistas que o mundo vai nos proporcionando. nós não temos a mesma visão, não vemos pela mesma janela. e os satélites? o que são? coincidências mágicas? às vezes a gente olha mais longe do que a vista pode alcançar. o olhar da esfinge e seus ventos. quando uma coisa quer te estrangular, o que você faz? o que me motiva a fazer coisas é a vontade de prosseguir na estrada. tudo bem? tudo gente. nem tudo começou ontem. somos matérias-primas, não produtos acabados. dança em volta do acorde. sair sempre por magia. nada é definitivo. perdeu alguma coisa? achou outra? moramos tão perto e às vezes somos tão distantes. como um fax passando pela minha mente: você dançando, eu me sentindo só, apesar de ter uma vida movimentada. a burocracia estanca as pessoas no seu ferver. a paisagem do carvão. mandala de areia. natureza bruta. a minha cara-metade será a cara-metade minha? no palco como um gladiador na arena. pela minha janela passa gente, passa monstro, passa todo tipo de imagens, passa o tempo... de anta a pluma.

pedra preciosa. afirmo sorrindo: ninguém é amigo de ninguém. rupturas. o cotidiano, se você não torna interessante, é insuportável. aspereza rítmica. ouça seu coração. tome minha mão. vivendo e aprendendo. discos voadores acima da minha cabeça. olhos agudos, penetrantes. retalho da mesma peça, farinha do mesmo saco. risco na mesma direção. passo a passo. escrevo como água de rio no seu curso indo. sementes sementes sementes. o artista no camarim depois dos aplausos, esperando baixar a adrenalina e, faminto, comer. ter a coragem de botar para fora tudo o que sente. tudo parece ter séculos dentro. pegando e soltando. andarilho. a palavra a serviço do som. será o brasil viável dentro de todas as suas impossibilidades e abismos sociais? o show hoje foi uma espécie de atirar pérolas aos porcos. ela é uma deusa. estado iluminado de buda. domingo é uma palavra linda. unindo as pontas. penso em várias pessoas de uma só vez na manhã cinza. não bagunce minha cabeça. constelação de sons. entre palavras e palavra: espaços vivos. uma espécie de transe. romper os nós. sou um cavalo. no meio do caminho não sabia mais onde estava indo. aliás, não estou indo em direção nenhuma. o papo dos homens de negócio é burro, medíocre, colonizado e castrador. indo na estrada para não sei onde. eu e um monte de coisa duma vez. jogando dados. o espetáculo se realiza com os espectadores. grafite: morcegos terroristas. atravesso a paisagem desértica em pó. os pássaros e suas extensões esféricas. o desenho exato. o que faremos com nosso sexo? viver o indivíduo. o que ontem era revolucionário, vanguarda, hoje deita e se espreguiça na rede do conservadorismo e academicismo em divagações várias. tudo que canto é verdadeiro. eu existo? onde? o mundo como novidade. atrás das vidraças dos acontecimentos humanos: tecidos. o termômetro das ruas. o fio da navalha. na minha cabana. na minha palhoça. na minha cama. no meu palácio. no meu chão. a cabeça humana. espelhos. arquitetura dos sentidos. linha do horizonte. na sua matemática deu o número de sorte. homens caretas, suas calças de tergal e nas suas boçalidades falam de disquetes e carregam celulares como bolsas.

sou pequenos pedaços, se colados uns aos outros não dão em nada. homens altos nas suas doses de álcool. madrugada vazia. de vez em quando um automóvel vara o silêncio. o relógio da igreja. estou aceso no espaço noturno como se estivesse vivendo a atmosfera diurna. odeio coração de galinha e convivo diariamente com ratos e estilhaços de humanos. tem que ser duro na queda. abro a janela, a folia urbana. café da manhã, jornais, tudo começando, notícias, o dia vai indo. o pensamento viaja. todo dia tem sua música. ela vai aparecendo e se formando nos seus odores e hálitos. planta imensa. céus. não dá para ficar preso numa caixa vivo. tem que aparecer uma porta. a visão da luz nas casas. ele vinha descalço na estrada. profundo oceano. os movimentos estão em nós. no sangue. no copo d'água. na terra a poética do tempo. fragmentóticas. ainda não apareceu sua cara. nem nenhum ponto de vista. são vagas algumas ideias. um rosto humano em silhueta. quem é você? um original ou um robô? as paredes da solidão. o silêncio, nada. e o espírito, onde? revólver. piruetas no ar. zerar. olhos novos para o novo. filosofias. pressão no ar. papo primário *versus* papo poético científico. papo primário é aquele que fica na superfície do papo. por exemplo: você tá falando de um assunto sério e alguém chega e diz: "deixa para lá, pense positivamente etc. e tal." papo poético científico é o papo dos achados da linguagem. um jogo se armando no ato em que se vão dando os assuntos, temas e questões. nos viadutos, miseráveis subdesenvolvidos comercializam tudo numa disritmia sonora que parece mais uma ladainha na labuta do dia a dia. o trem metralha a paisagem outrora bucólica da zona norte do rio de janeiro brasil américa do sul. gente andando entre pedras. no sonho, lobos selvagens soltos. um homem a zero no espaço cotidiano do tempo. entre delírios e eventuais dificuldades.

a luz era intensa entre nós na estrada. as experiências com drogas resultaram em expansão da mente. foram tantos os gênios deste século hipócrita e ridículo cheio de barbaridades, fantasias e invenções. sozinho a remoer a minha solidão. indo direto diretamente para não sei onde no mundo. eu e um monte de coisas de uma só vez. jogando dados no tapete persa. tesão em tudo que se chama vida. nas avenidas digitais do ritmo. estou com um vazio muito grande dentro de mim. e fora de mim também. e em volta de mim. e em tudo em mim. é um vazio do tempo. um vazio sem tempo. é um vazio vácuo. espaço morto. vazio de nada. de nada mesmo. vazio vasilhame. dicionário de ideias. vazio de corpo, cama, mesa e alma. vazio de água, vazio de maré. vazio de cópula. vazio de ser. vazio de estar sempre no cheio. vazio de sentido. vazio de uma porção de coisas. estou igual a uma rã. no seco e vazio do caminho.

dum campo para o outro e vice-versa. no barulho delas uma nova via surge. a não poluição do gesto mais livre do olhar. leitura horizontal. concreção. não tem cabimento de moldura para a liberdade. paradigmas. cotidianas polaroids. vivo me exercitando, me inventando. às vezes nos tornamos escravos da sobrevivência. precisamos incentivar o lado utópico. todos se beijam olhando o mar. nenhuma estrada vai dar no sol. metralhadoras e armas em profusão. tudo na noite era silêncio. luzes piscando. vênus a céu pleno. uma canção simples e exata. num imenso rio à beira do atlântico da amérika do mundo. os olhos do dia. quando tudo está mal você dá a risada. quando tudo está bem você caga e anda. gosto de tangerina. um longo caminho pesado. o cérebro de um búzio. o amor quando vem não manda antes mensagem. o que fazer para descansar a vista? seguro mas quando você aparece eu escorrego. alguns reacionários sempre reclamam do frescor das novidades. andando olho as vitrines. comparo os preços. olho para todos os lados. tudo no mundo é tão confuso. um dia a gente morre e não leva nada daqui. entre o metálico, o acústico e o elétrico seu canto passeia nos mistérios do mágico. tudo parece querer no seu gesto, gerar uma redução a ratos. o mundo é mesmo um chiqueiro. nervo pulsante. grande nuvem branca. a civilização moderna caminha para ser escrava do seu próprio fracasso. pessoas falando sozinhas nas ruas. lados da grande avenida. a espinha dorsal. o canto das vértebras. ruídos urbanos. hemisférios norte e sul. a mesquinharia estampada no rosto das pessoas como máscara que não desgruda mais. a sexualidade como repressão e não libertação. o ponto de vista da criação. o desperdício das elites vomitando sobre o mundo as mercadorias expostas. as cáries e crateras do nosso tempo. e no meio de tudo isso um monte de boçalidades. e no meio de tudo isso, no meio do lixo flores brotam. paisagem ressequida pela poluição da podre civilização ocidental. as portas estão fechadas e é necessário abrí-las. as pessoas se vendem por pouco para aparecer na tv. no auge do baile. veias e sucos. não sou nenhum mistério. nem caixa preta de segredos. nem floresta encantada. nem flauta mágica a encantar ratos. nem algo selvagem a cavalgar distante. nem civilização em ruínas. algo move. mas por onde? por cima da terra aparecem vermes a dançar. e por baixo? um gosto de pólvora na boca. um pouco de areia no olhar. um abraço de cactos. um cheiro forte de nada. se o telefone tocasse e fosse uma luz e se instaurasse seu brilho intenso em mim. iria sorrir sem parar. uma tv experimental. uma banda de rock. um caindo de bêbado. outro lendo jornais. uma estação japonesa. um som soviético. uma balada italiana. barriga vazia. fases da lua e a boca dão o tom. as mãos e o jogo. a voz e o microfone amplificado. eu e a ossatura do que crio.

cantar para botar para cima. para chegar ao ponto. para elevar o astral. porque é necessário cantar. para o voo. para o magnetismo aflorar. para o santo. para a cabeça. para o dia. para a vida. para tornar tudo mais interessante. você já viajou pelo interior da barriga? tente. veja o mundo melhor. você já beijou os lábios de uma podre maçã? ouse. você já mergulhou no olho preto do mundo? voe. diga 1, 2, 3, várias vezes, caia de boca nas cores e exploda de sons por todos os poros. a cidade aberta feito palmeira ao sol. filtros mágicos vazam pelas suas folhas. o redemoinho. saltando os obstáculos onde eles se encontrem. bagagens. latas de lixo cheias de jornais e objetos. foi grande a espera deste almoço. uma concreção de fatos num estômago vazio. flecha certeira. árvores frondosas. buraco de agulha. num banco de jardim as informações saltam do jornal e dançam para a vida entre sombras e sol num parque cheio de mendigos. esse é o dia de hoje, o hoje. hoje. os séculos. as décadas. os anos. os meses. os dias. as horas. os minutos. os segundos. e rodando nisso tudo os segredos todos. as atrações magnéticas de campos contrários. ela já passou três vezes pelo mesmo ângulo. já dançou no inferno algumas vezes. já atravessou o chão de brasas e agora vive feliz entre moscas. ela alcançou o que queria: ser nome e sobrenome. um saco de aflições. pense universo. sucessões livres de rotações. tudo se mexe como se fosse um mundo de formigas ao microscópio. uma ponte. vai-e-vem. sem repetições. algum contrário se une numa solidariedade. a dureza dos adultos. a novidade das crianças. qualquer diferença. edifícios e pássaros. o que era novo ontem, hoje é velho sob o intenso sol. afinar o quente que há na gente. lidar com as diferenças. um palhaço com ideias. temos que ser mais conhecidos pela nossa competência do que pelo nosso folclore. nenhum sinal. nenhum contato. você sumiu como no chão do verão. para onde? sou o que sou e quero ser mais. não deixar nunca morrer em mim a fúria, o desejo transbordante. toda vez que a gente diversifica o centro da gente, a gente enriquece a gente. tenho ódio quando alguém diz: "abaixa o som". devemos abrir mais e mais a capacidade auditiva da humanidade. os automóveis passam a toda velocidade por dentro do apartamento. deliro muito e a brasa do meu cigarro apaga. quando não se tem mais esperança nenhuma, aflora dentro uma outra esperança. os dias falam por si. mexer com a insensibilidade atual. acerte no alvo. cabeça mundo. santo guerreiro. mágica pedra. você puxa a informação conforme a atuação. deus é igual ao diabo nas suas medidas. no amor, nas conquistas, nas derrotas. sei amar tanto e no entanto... partes do teu corpo espalhadas pelas ruas imundas. há um ponto de pus no podre coração do mundo.

crus e nus. a outra voz do village. violões e guitarras. fogo e água. textos e conversas jogados fora. sem sequências. livremente. fantasias e fundamentos. entulhos. bicicletas nas ciclovias. jogadores de pelada na areia. a vida é dura como é duro o prazer. pelos meios das vias circulatórias do pensamento e da ação. o refrigerante espumante na boca da garota acesa. o caminhão desgovernado em alta velocidade pelo aterro. a lata d'água na cabeça da mulata. o selo pássaro grudado na carta correio de amor. estrada de informação. políticos se derretendo ao sol do verão. brincos e balangandãs. papo franco. ponta de estoque. dubladas e legendadas. show circense. embaixo da coberta. armazéns e mercados. roda de circunstâncias. viagens imaginárias. ajeitando-se no tamanho espaço de si próprio. o vivo sufoco. a morta respiração do quadro abstrato. pêndulo oscilante. casualidades. lenta espiral ascendente. escritas ornamentais. axiomáticos. conjuntos integrais. pensamento matemático. morada de neve. arco e cordilheira. estilo lírico enxuto. não violência. textos sagrados e profanos. mitologias. energia criativa-destrutiva. aquilo que se ouve. cânones. pontos fixos. cone de um ângulo complicado. ramos e focos. colisão catastrófica. sistema solar. região de caos. varridos para longe. forma oval. encostas íngremes crateras e rotações variadas. voo supersônico. vasos sanguíneos do cérebro, olhos e coração. banco de dados. glândula da hiperatividade. fala ininteligível. novos padrões de comportamento. diáfano diagrama. série de desenhos separados por colunas sucessivas. áreas circundadas acima das cabeças. reais e imaginários. arqueiros disparam suas flechas contra um leão. moléculas orgânicas complexas. ativos e inativos. cenas teatrais e eróticas. calor humano. domínio de técnicas. algumas totalidades. moléstias sociais. feixe de luzes. imagens tridimensionais. ferramentas e habitações. abalos sísmicos. lucidez na composição. vidro e concreto. escritórios e quartos de motéis. superfície áspera. esperteza e selvageria dos animais. enxuto e molhado. antimatéria. horizonte de eventos. buraco de minhoca. cone de sombra e futuro. raias espectrais de azul. corpo emissor. espaço sideral. ondas eletromagnéticas. atração gravitacional. muralha cósmica.

mundos paralelos. quiproquó. o que se passa na cabeça dos homens? fique ligado. fluxo aberto. área deserta no céu. couro cru. sequência de textos. toalhas limpas no banheiro. rio de lágrimas do olho. claro escuro do nada. simples e direto. ritmo e poesia. buraco no chão. gravetos e gravatas. preto igual a carvão. coordenadas polares e coordenadas cartesianas. braço robótico. processamento de dados. divisor de águas. artifícios naturais de consequências prensadas. panfletos e periódicos. deglutição. ondas de contrações musculares. órbita circular. turbante brilhante. uso da perspectiva. colcha de retalhos na sua elaboração desordenada. competições e pista de corrida. dribles desconcertantes e jogadas alegres. figuras grotescas. garrafa térmica. estados gasosos, liquidos e sólidos da matéria. de onde viemos? o que somos? para onde vamos?

desenrolando o que estava enrolado. por dentro por fora das coisas. as flores que se instauram frente a vontade e o querer. nós éramos amigos e a terra tremeu numa manhã de domingo. por que não sei? um bebê chora. não é nada. alguns aflitos. o papo era sem graça entre o jovem casal. usava a pulseira mágica como talismã, mau olhado etc. e de repente ele a atacou numa paixão radical e beijou-a por aproximadamente uma hora sem tirar a língua de dentro da sua boca. não baixar o nível. isso não é o meu ângulo, diz a feroz espanhola de barcelona. estar dentro, no meio, entre, esse é o objetivo, e o melhor. o cineasta com cara de caixão de defunto passa e deixa um lamento de cinema não realizado no ar. a caixa de fósforo usado. o tapa na mão companheira. depois de um tempo ninguém aguenta tanta agitação por qualquer coisa. e a mulher no bar depois de tomar a décima dose de uma bebida diz: "vamos embora amor, nós vamos ficar a vida inteira aqui?" voe, é bom voar. são íngremes as estradas da liberdade. o teatro é uma brincadeira na areia da praia. cravos brancos. uma segunda sem brilhos. nenhuma guitarra na mão. nenhum sentimento maior no coração. sacada de casa histórica. praia de ipanema. rasgar a cortina e aparecer. provocar a erupção vulcânica. os podres caiam. as flores ascendam. mapa de um tesouro vagabundo. nomes sobre nomes. riscos, traços e direção confusa. se você tem alguma ideia, espalhe-a. garota cura ressaca tomando outra cerveja. criação de porcos. chuvisco. uma mulher reza junto a uma árvore dita por ela sagrada. crianças jogam gude. correr o risco de soltar a voz e arriscar na nota seguinte como se fosse um grande salto mortal triunfante. a brisa das ilhas. a paciência de um sábio. ponto por ponto. alinhando e indo. acariciar o tigre pela manhã. diz-se tratar-se de um roteirista. frases feitas não fazem uma canção. um estúdio, uma poltrona qualquer. em vez de trevas, luzes.

a poesia é uma festa em mim no desgastado cotidiano. danças e porcos. zigue-zagueando entre automóveis. panacum. cada pessoa tem sua história. sua estrada. o som e o prazer. deixe seus dedos cruzados. um lírio branco no podre mangue. um coração batendo mesmo. carrego tudo com alto potencial de luz, tornando-o altamente transformador. na penumbra de mim. visão lisérgica: explosiva pedra roxa com contorno esverdeado num campo preto. entre canções há um vazio nas ruas. tempo nublado. ela diz: "você não está só se está no mundo." aberto e fechado. ainda há muito que descobrir no cérebro humano. você parece que subiu a escada correndo para dizer que a casa estava pegando fogo. gatos no cio. vivemos na mesma jaula. não há intervalos nessa peça? olhar apaga o fogo? quanta hipocrisia. falamos em círculos nas falsidades. alguns constroem seus sonhos através do dinheiro. como um homem que está se afogando pode ajudar alguém que se afoga? é falso o sistema que vivemos. escrito entre sombras no jogo de dados. luz filtrada por cortinas. velhos choram sem querer. esgotar o campo do possível. câmera da canção. meio-dia a barriga começa a cantar um canto de fome e pior que isso é a ausência completa de qualquer perspectiva que vai tirando o ânimo de qualquer coisa. frente ao espelho pergunto: quem sou? um enigma dado? quando escrevo é fundamental a fragmentação. tudo tem que ter um pensamento. em volta do lago, carros circulam. entre a água e os automóveis. ainda não é noite, penso no dia seguinte. à beira do sena. somos uns híbridos. não gosto de puxar o tapete quando saio do palco. um café amargo de botequim. saxofone cheio de biscoitos. de tanto sentir fome talvez eu comece a comer minhas mãos. mover atmosferas. a desinformação e a boçalidade caminham de mãos dadas. na boca da avenida das américas. não faço tricô, vivo o presente. são muitas as conquistas e violências. fora das mesquinharias dos medíocres, minha cabeça está voltada para os horizontes do universo. o que eles querem é a destruição do indivíduo numa sociedade dilacerada. cantadores de rua. abismos nos separam.

quando você tem que fazer alguma coisa, você tem que fazer alguma coisa, alguma coisa tem que ser feita, alguma coisa etc. e tal. quando você tem que fazer alguma coisa, você tem. ser ousado e inteligente sim. oficialidade rima com imbecilidade. não há luzes nos carros. nem em lugar nenhum. e é noite. é gostoso o prazer da realização. ser fractal: indivíduo e humanidade; partícula e cosmos. aquele que sabe tudo, a vida está enterrada. escrevo ouvindo muito som, dançando etc. não me enquadro em guetos. gosto de tudo que seja bom! espalhar um tipo de qualidade de vida sem ser elitista é muito importante frente a tanta catástrofe que o mundo passa hoje. estou a zero e a mil. percebendo o tempo, seus avanços e deficiências. seus pulos e atrasos. suas luzes e atrasos. sou rebelde sim. o estabelecido é canceroso. cabana eletrônica. sexualidade e civilização. eros e tanatos. um circo ensanguentado. minha solidão é uma máscara imensa, nem eu mesmo mais suporto. é uma cordilheira de dor e uma profundidade de oceano, por todos os lugares onde vou e passo. as pernas estremeceram e a vista ficou turva. debaixo de um silêncio etrusco. vida simples. o trânsito, a zoada das ruas. regiões ásperas da estrada. árvore infrutífera. você já viu suas próprias vísceras no espelho de si? o nó cego da fome. o mundo é um imenso deserto. alma de borracha. o poeta sonâmbulo na estrada dos dias. o tempo do mundo. sem luzes no fim do túnel. por que ficar no escuro se o que preciso agora é claridade? provocar desordem, mexer o estabelecido, desorganizar o organizado, explodir o que for preciso, gerar erupções. lutar lutar lutar indefinidamente. o que a fome tem a ver com o relógio? quando a magia acaba, seja no amor, num espaço ou num trabalho o negócio é partir para outra área onde o mágico esteja pintando. por que alguém mantém preso um pássaro que canta a noite inteira? texturas. o mundo e suas partes. olhando o oceano. comendo biscoitos finos comprados numa padaria de copacabana. sou um espelho onde a gosma subdesenvolvida ao se ver quebra a cara. deixe-me tocar em você. além dos céus. sombras e extensões do ser. é preciso que apareça alguém. na beira do precipício. quero entrar pela parede adentro. invadir e ocupar tudo e ser ao máximo no deus e diabo da música. o sertão do cinema na projeção direta do corpo celeste.

grão da farinha. o dente machucando sua pele clara e entre dentadas e beijos sugar todo o seu pólen para mim. cuspir o venenoso e zarpar rumo ao desconhecido num disco voador. no silêncio da noite, uma rajada de balas. ponto quente. cortador de unhas. ele passa a língua molhada nos lábios secos dela. confusa mente brincando de nada. mesmo mundo. o buraco é fundo. sair dele. sonhei que era feriado e não tinha nada para fazer. puro sonho. as anãs caribenhas ameaçadas de morte por saberem segredos demais. oxítonas, paroxítonas e proparoxítonas. homem andando com cartaz:

isso aqui é o novo mundo? cidades. areia movediça. desaparece tragado pela areia e a fé da questão. a amérika é vertical. o gozo sexual. o zíper. diversão barata. *porno movies*. a estrada asfaltada que vai dar no lamaçal. o médium beberrão. ninguém vive de paisagem. no quarto escuro do pensamento as luzes devem ser acesas novamente. há um grande desinteresse por tudo no mundo hoje. gerar interesses. esperando o telefone tocar. desordens. bichos da mata. subcondição da nossa gente. mísseis apontados para nossas cabeças. onde paz? entre as diferenças? tudo parece um pútrido esgoto. pássaros cantam. abro a cortina e deixo entrar o selvagem som. um trem que vai dar em lugar nenhum. gosto dos que têm febre ardente e querem explodir a podridão contida entre dentes, entre os corredores, corrimões, escadas etc. não se pode ficar fechado em si. na noite escura uma bala perdida vara a cara do camelô. a máquina não funciona. mordo o cartão de crédito. cabeça explode. pano cai. por que consultar as horas o tempo todo? ritmo fluvial. disquetes. linguagem enxuta. eles convivem com os fantasmas. há um tempo eu ali, hoje eu aqui. tem muito rato saindo do esgoto querendo um lugar na avenida do sol.

simplesmente viajando. efeitos pirotécnicos. casas casadas. despido retalho. a estourada luz do sertão de jequié. a vida entre camelos e camelôs. show de *strip-tease* barato num clube qualquer do mundo. tambores batem, sinos tocam e o povo se agita. habilidades e sortes. desejos trituradores. fazemos as regras conforme vamos. e alguém grita fogo e no sonho se alastra larga labareda. quem é você? era o vácuo. a memória dos tempos é apenas o espelho retrovisor do meu carro. li no jornal a notícia da sua morte e o dia era de sol intenso. proteste ou foda-se. estou apenas fazendo a minha parte da ação geral. e os pertences, eu fui deixando pela estrada afora nos dias, um após o outro. fui soltando o que era amarra, me desprendendo de tudo. de qualquer nó e no caminho eu fui crescendo e ficando totalmente pelado como no início. para onde ir agora? o que fazer? formigas passeiam pelo meu corpo e é de manhã cedo na varanda a ver o sol nascer. luz local. visão global. o homem nas suas presentes ruínas. um feirante, dois feirantes. fruta livre. pobres cantam na madrugada. ler o tempo. aqui e lá. onde chegar? olho aberto. arregalado por cima do ombro do monte a espiar o pulsar do mundo. desce a mão corpo aberto até o sexo e relaxa massageando toda a extensão até o chão. a curiosa estrutura da cabeça.

Sonoro

curvatura
da boca
peixe dança
no aquário
olho
hipnótico
do gato preto
colado ao vidro
na faxina geral
variedades
frutíferas
inclusive
podres
matéria-prima
cacos
do estábulo
à boca do cavalo
sinal
sonoro

∿ ∿ ∿

verticais
horizontais
tudo deve voar
pessoas procuram
algo para si
suas vidas
tempo
humanidade
estão loucos
tudo tão escuro
impossibilidades imensas
breu mesmo
cerco avança
e nós?
nós?
cabeça luminosa

entre pedras dos dias
quebrar estruturas
violentar linguagem
não ver mundo
por única janela
texturas
silêncio dos pensamentos
jogo nas onze
pavio curto
toque final
arquitetura
concretizar projeto
realizando coisas
meio obstáculos
subversões internacionais
mexer estilo vida
tambor
algo estrangula minha voz
não ter vida estrangulada
voz é música
poesia diária do tempo
janelas semiabertas dos olhos
poeta embriagado
vagueia entre
sangue no colchão
sabor de um biscoito qualquer
planeta terra café
quebra-cabeça
inferno
tudo profético
se torna claro
no tempo
semente
áspero
força metálica
estado bruto
voz do silêncio
tática de sábio
mais tiros que metralhadora rara
enquanto você estiver vivo

fizer parte
diga o que
tem a dizer
mundo maravilhoso
igual rio corrente
rumo sol
fruto maduro
polpa na boca
misterioso gozo
caleidoscópio
estrelas no céu
vontade de ferro
faço poemas
textos
o que diferencia dos outros
é a fúria
elemento inteligência
no sentido de deflagrar conceitos
detonar antecipar
tempo futuro
exército liberdade
cavalo selvagem
ação bumerangue
sensibilidade
não é síntese nenhuma
quero ver outro lado
outra pessoa
estou mexendo
procurando
pássaro no voo aberto
caminho do novo
sem repetição
fórmulas gastas
constelações
parede nua
curso natural
barco indo
pútridos pântanos
a mídia é circo
sejamos palhaços

bons acrobatas
amo muito
seu amor é tédio
me põe doente
não falamos
mesma linguagem
reciclagem de material
motor da circulação
luz matinal
atmosferas
abri o olho
era noite ainda
tudo escuro
da boca sai
sol vermelho-gema
sou vulcão
cuspindo lavas quentes
como é que fica?
assim?
criar fatos
botamos nossos papos
em pratos limpos
juntamos pedaços
séculos num lance
trechos exóticos
diário de bordo
fizemos sexo
por todos os cantos
gastamos
todos os espaços da casa
nossos gozos
dança nua
música crua
nasce manhã azulada
imensa orla atlântica
quero correr
igual
pantera solta pelos campos
luz tv
fere olhos

logo logo
entro em outra
por outra
dentro
nova jogada
maçãs
pior é perceber
morte vindo
instantes finais
circunstanciais
diga-me
que há de estranho?
mágica se instaura
a vida é dura
não é impossível
pavão obscuro
de si
enfeita paisagem desolada
garganta
paixão
borboleta de várias cores
exercícios de equilíbrio
castelos no areal
aranha complexa
ferida exposta
coração batendo junto canção
linhas
energético
cortante
quarto escuro
podre nação
amigos tornando-se latas amorfas
produtos vagabundos
mercado atual
tradicional contemporâneo
folclorização
desglamourização
estilo

∼ ∼ ∼

beija-flor bica asfalto
nenhum mel
nenhuma luz
qualquer estrada
muita dor
aquela canção
por momento
quis
interesse
fundir com você
tempo infinito
voou
tomou céu azul
apareça
aquela semente
agora aberta flor
janela escancarada
deixo entrar
luz solar
aloje em mim
sons urbanos
confusa massa
distorcidos grunhidos
disritmias
erros de sistema
vim verde
dançando na vida
vivo círculo de luzes
café derramado
corpo inteiro da máquina
dentro da tela
no meio da teia
som de gaita
estúpida balada

∼ ∼ ∼

cotidiano zero
nota isolada
violão aço
marcação severa
armo desarmo
hora que quero circo
deixando sempre
picadeiro lona
caminho
depois tudo novo
flecha afiada
direção alvo
quatro paredes
ela
agora cabeça
vontade pulsar
ter alguém
meu desespero
não é o seu
minha absoluta solidão
não é a sua
fazia sol
soube de você
pistas quentes
carros voam
aterro estradas
sair da cama
ir às compras
ver o mar
todo dia
abrir os olhos
encarar

∽ ∽ ∽

poema pedra
alguns a querem
como coisa bonitinha

broche
poema dinamite
não há entrada
nem saída
logo que ar penetra
conceitos se fundem
política
cultura
cosmos
nada isolado
hoje
homônimo diz:
"só há poesia e podridão"
poema isso tudo
algumas
mais que palavras
em si mesmo
seca
brutal
percepção das coisas

∽ ∽ ∽

olhos fechados
vejo vila iluminada
mais distante
outra abandonada
vou longe
não vejo mais nada
apenas clarão
logo depois
tudo se apaga
tonto
sigo
por uma ponte
no vazio
da cena

∼ ∼ ∼

no varal
roupas
longas caminhadas
retas
curvas
paradas
matos
coração caçador
na praia
passeando ao sol
toda espécie de monstro
telhados pássaros
pousam canto
todo dia entrego flores
na hora do silêncio
faço barulhos
coração belisca
arfando peito
aberta camisa
estranha paixão
no vácuo
paisagem de cimento
neons numa rua deserta
cabanas
à beira-mar
apago todas as luzes
dispo-me
frente aos céus
como deus
que gosta de circular
entre os humanos
sempre na caça
de alguma coisa
pedaço de mim:
comam
bandoleiro
beira de estrada

∽ ∽ ∽

canto
grito
vou levando
vida
de acordo
dando no couro
minha sorte
eu mesmo
vou traçando
pelo caminho
vou traçando
de traço em traço
vou traçando
o que ainda
não foi traçado
fala
prazer
papo
voo
coragem
salto
vencer desafios
pular obstáculos
passar como
fio
pelos buracos

∽ ∽ ∽

pássaro voa
dança livre
desenha espaços
visão do mundo
alto
vê

qualidade
alimento
inseto

∼ ∼ ∼

lábios nos lábios
vento no deserto
luz própria
ando metros
pela noite
aceso apartamento
estrelado artificial
tudo parece diferente
mundo sem valores
quando uma força qualquer
quer te sufocar
berrar
para quatro cantos
nas ruas *outdoors*
cores em profusão
indo para os mesmos
absurdos destinos

∼ ∼ ∼

o que está pegando?
meu branco
meu preto
tesouro encantado
divina juventude
selvagens
isso nos manterá vivos
luminosos no meio da escuridão
sou poeta
isso não é nada

não vale nada
e basta
eles passeiam nus
jeito do dia
do mundo
eles têm cara?
hoje não haverá surpresas
circo não funcionará
digo não
você sim
a gente não se entende
nós nunca nos entendemos
ainda mais
vivemos como formigas
por entre as ruas

∽ ∽ ∽

vivo de longos silêncios
caminhadas
agitações
calmarias
nos longos silêncios
penetro na floresta
densa do meu ser
nas caminhadas me alargo
passo a passo no mundo
nas agitações me esquento
me aqueço
me energizo
nas calmarias colho
o que melhor de mim planto
meu barco joga-se no mar
de qualquer maneira
esteja ele
nos altos
nos baixos

meu bem
aqui é foda
tique-taque tique-taque
gotas na janela
eles tomaram sol
ficaram ressequidos
solte as palavras
elas caíram no lugar certo
estamos no curso
quem tinha não tem mais
o futuro tão perto
nós parados
parecendo querer
congelar o tempo
uns tentam subir
outros derrubar
tênues fios
vermelho sangue
correndo nas veias
eles cheiram dinheiro
é tudo para eles
não são nada
sente-se falta
de muitas coisas
de felicidade
entre outras

... e se no viés do traço
fosse cômico o trágico
circundando a silhueta
mergulhada no vácuo
ar comprimido
entre rodas

parafusos
na contramão do desejo
caíssem pétalas
aos montes sobre o corpo
pálido da estátua
parque de diversões
silencioso terremoto
de burburinhos vindos
todos os lados da cidade
areia da praia
vasta paisagem
descalça do profeta
sua lanterna
iluminando pés calçados
transeuntes no fim
tarde sobre mapa

∾ ∾ ∾

chakra
flor
coração
uma concha
duas conchas
várias conchas
areia
oceano

∾ ∾ ∾

a exata medida
do tiro
o tapa
o estampido
algo corta o ser
ar fica envenenado

fogo se alastra
dos campos
tela de tv
simplesmente
beber o néctar
essencial
algumas soluções
complicadas equações
dia a dia
da vida
estou aqui
não estou ali
estou ali
não estou aqui
onde estou?
onde? onde o perigo?
o prazer?
a mão sobre a lixa
espessa superfície
do couro
na agonia

∽ ∽ ∽

luz azul
acoplada ao sol
tensão submerge
águas marinhas
som barulho
murmúrio das ondas
longo areal
máscaras sobre máscaras
palavras
areia ao vento
do tempo
tudo tem um preço
qual o seu?
na boca

um gosto amargo
há muito tempo
totalmente azul
frases escritas
ruas do mundo
tatuar corpo todo
tatuar corpo
tatuar

∾ ∾ ∾

não faço uma coisa só
várias ao mesmo tempo
quem dera ser
a película
sobre tua pele
desenho estrelas
galáxias
pelo corpo afora
do universo
jogaram uma bomba
no salão
ela não explodiu
mulher nua
balde de gelo

∾ ∾ ∾

crianças assassinadas
no meio da noite
dormindo
crianças sem teto
no chão
no lixo
crianças mortas
nas ruas

SONORO 131

no Brasil
grupo de exterminadores
quanta impunidade
quanta barbaridade
quanta desumanidade
filhos da miséria

∽ ∽ ∽

mundo
ontem
folha
seco
poluído
quente
torneira
monitor
chuvisco

∽ ∽ ∽

sombras mexendo
luz pouca
quarto cortina
frestas do telhado
parábola parabólica
bruta escuridão
pleno pulmão
jogo de palavras
azul ladrilho
piscina
pastilhas
claro da lua
silêncio
um lado da linha
outro automóvel

entre olhos
enigmática imagem
raios rasgam noite
enquanto cochilo
entre pena vermelha
papel branco
tudo tão visível
labirintos
fome instaura
paredes do organismo
largo pensamento
desenhando visões

∽ ∽ ∽

cotidianamente
pense cinema
todo dia é diferente
ela espanca os animais
os bichos em geral
geografia móvel
quadro parado
entrando em parafuso
ato de fotografar
meleca civilização
lados zodiacais
incisivo corte
tonificação do ser
platinada atmosfera

∽ ∽ ∽

a vida se vê?
se chega nela.
a morte se vê?
ela chega...
o que são paredes?

∾ ∾ ∾

do vazio
deserto chão
couro cru
seca sertão
embaixo
em cima
palma da mão
aspecto soturno
esponja
seixos

∾ ∾ ∾

talvez blues?
com a voz estrangulada
pela emoção
começo dizendo
te amo
com os olhos
antes de qualquer
emissão na canção
levado pelo vento
meu amor
folha solta de jornal
dançando no balanço
do coração
sem música
vida é
vazia demais
passeando entre restos
estilhaços de canções

∾ ∾ ∾

tão vazio
tudo oco
no parque
na cidade
silhueta da
tua boca
próxima
a minha
espelhado terraço
trânsito aberto
algumas sensações
novidades
empatia de dizer
certas coisas
antipatia alheia
extremada dor
coração mastigado
martelo a pique
corrimão
nada ontem
hoje e amanhã
que será feito do resto
da comida do almoço?
diga logo
a estória nasce do diálogo
perigo por toda parte
de vez em quando
baixa cavalo
sexualidade alada
não ser escravo de nada
ponto parágrafo
ver de frente
quem amo

∼ ∼ ∼

vícios
trato-os com liberdade

equilíbrio
não dá para ter
memória fixa
coisas mudam de lugares
fixação igual estanque
sombra das palmeiras
folha sobre papel-pardo
equipamento de montagem
pedaços de mim
e você?

∾ ∾ ∾

nós somos corpos
nos contorcemos todos
olhando o mar
não conheço ninguém
parecido comigo
nenhuma trilha
dá no sol
desespero
luz
paixão

∾ ∾ ∾

dois diferentes
mesmo barco
dois diferentes
qualquer estrada
dois diferentes
numa cama
dois diferentes
para que diferença?
dois diferentes
tudo igual

dois diferentes
na chuva
dois diferentes
ao sol
dois diferentes
esforço total
dois
diferentes

∼ ∼ ∼

triste perceber
cada dia
vai-se morrendo
um pouco
quinhão de vida
pai beija filho
parte caminho afora
viver salário
ao mês
só...
alguma coisa estranha no ar
no jornal
as notícias
temperamento
a hipocrisia
quem leva mais?
por tudo
por todos
por nada enfim
é sempre bom semear
a menina chora
no grande salão aberto

∼ ∼ ∼

mutilados
fragmentados
quadro humano social
caótica realidade
constituição física geral
difícil viver sob pressão
nenhum grito ecoa no ar
ao mar ao mar
berram os piratas sorridentes
hecatombe está para estourar
carro indo
na linha preta
outro vindo
setas indicam
confusas direções
câmeras indiscretas
revelam intimidades
querem dizer que o
interessante atualmente
é o estabelecido?
o convencional?
o que é isso?
o que é que é isso?

∽ ∽ ∽

pedras comidas pelo sal
velas brancas ao mar
descobrindo terras
ela
cidade sem véus
ele
cara
de quem não toma banho
nem lava o rabo
jeito de rato
de réptil
nada mesmo

movidos
impulsos interiores
forças contrárias
querendo frear
motor inventivo
sólido interior
peças para construção

∾ ∾ ∾

acende este cigarro
passa para mim
quero delirar
tudo no mundo
é troca
por isso
o amor
vida
não é ponto parado
mas contínua mutação
coração humano
olhando o tempo
antenas na boca
do mundo
sertão
sou movido
a paixões
não existo sem calor
chama de alguma coisa
de ideias
para onde caminha
a capenga humanidade?
viajando nas estrelas
estradas
trens metralham a cidade
o continente
espelho espelha
o carro que espelha

os outros carros
os espelhos
o olho
a áurea

≈ ≈ ≈

foi tudo um sonho
abro os olhos
panorâmica sobre
imóveis do quarto
poesia e caos
de vez em quando
questionando valores
na placenta
criança se alimenta
ando na estrada
ainda do sonho
zero
tudo se inicia
só uma estação
passou
frente ao sol
beleza da cidade
suas cáries expostas
flores vivas
ninguém me pega
me enquadra
nunca não
nas tardes de verão
asas abertas
pelos dias
rotas universais

≈ ≈ ≈

ponta de lança
estrela acesa na testa
feito diamantes
minúsculas flores
energia ligada
equilíbrio bom
alongando
mar livre
veloz
dentro série
ondas galácticas
em chamas
inconformado
seja gente
atinja o ser
ponto luminoso
explode em cores
todos os lados
possíveis
imaginários
do mundo

∽ ∽ ∽

janela aberta
velhos discos
automóveis
alta velocidade
avenidas
mar azul
real meditação
no meio de certas privações
"persistência no curso correto
dizem os sábios
traz recompensas"
passando de braços abertos
pelo buraco da agulha
inferno em brasa

SONORO

tv ligada
sons
imagens
se sucedem
inteiramente soltas
as alegrias
as doenças
pássaros
voando alto
avião
cortando espaço
livro
mão a riscar
caderno
caneta
faíscas
aparição misteriosa
mais você
em mim

∿ ∿ ∿

na indagação
do canto
quem canta
o algo que
há atrás do canto
soltar
o que está dentro
guardado como fala
emissão
nada canto
sopro
flauta orgânica
a brisa
da boca
na rua
do ouvido

∼ ∼ ∼

sem saber o que fazer
para onde ir
à beira do abismo
vendo passar os carros
nada acontecer
por entre as veias
corre riacho
na canção ferve
forte sentimento
de terror
algo move
por entre os dedos
mão aberta
o que se vê
onde se passa
são montes
cactos
árida paisagem
fotos de Marte
pilhas de jornais
novo século
fragmentos do humano
demasiado desumano
lixo das cidades
zonas erógenas
noite
neons
lanterna elétrica
energia vanguarda
dançarinos andam
caem
tentam
teatro de variedades
experimental piquenique
sombra que o concreto projeta
na fumaça do charuto
tua figura se dissolve

alguns acordes na guitarra
não deixar cair
peteca dionisíaca
sedução sutil dos fatos
será que isso
vai dar em algum lugar?
brisa marinha
peixes na água
luz da manhã
olhos infantis
ela absoluta
sem pé
nem cabeça
nem fim
vida pela tv?
fachada do bem-estar
prazer maior
corpo estendido
vou longe
onde quero
também sei
inventando sempre
atração magnética de mim
capítulos passados
vejo claramente
entre nós
houve amor

∽ ∽ ∽

acredito no que faço
no que acredito
por acreditar somente
acredito e pronto
ser a cabeça
o ponto
a luz brilhante
farol a iluminar

prosseguir
andar
na vida
no ar
a voar
nos dias
a cantar
salto mortal sempre
mundo alcançar
mudar
misturar
tudo transformar

∽ ∽ ∽

tambor toca
dentro de mim
besta fera
na beira do caos
no cais ao horizonte
nada de novo
entre a boiada
nem entre os homens
cego vejo a luz
entre dados
cupido joga flecha
atinge ponto
sangra muito
quanta dor!
répteis descansam
no capim
velha dama dança
sombrinha ao sol
na escuridão
recupero a visão
entre ventilador
besouro
caixa de bombom

batom
spray
rádio
jazz antigo
mão cansada
preciso dar um tempo
tomar um trago qualquer
esquentar a garganta
o coreto
depois talvez...

∿ ∿ ∿

ando na estrada
seguindo o que tenho a fazer
indo não sei
em que direção
a cidade parece elétrica
na sua circulação
azul dia sol
verde paisagem
tenho fala panorâmica
canto assim
olho na garganta
ela no 20º andar
luz no cérebro
vejo através de espessas lentes
o que não se vê
meu nome é brisa
bastidores do cabaré
mosaico musical
bagaço
qualquer espécie
poesia dançante
circo e suas metáforas
estrela brilhante
bússola indicadora
caminho na escuridão

canto como falo
voz aberta ao tempo
inflamável capítulo
luz para quem merece
de humanidades várias
completamente despido
entre vivos ideais

∽ ∽ ∽

minha cabeça
está entregue ao vento
não sei mais o que fazer
ela dança
vai para onde quer
deixa esquecer você
minha cabeça
dá volta e meia
ela vem
não vai mais
além da própria cabeça
ela faz o que faz
minha cabeça
rodopia
é topo
ninho de passarinhos
que piam
e você?
você?
você?

∽ ∽ ∽

partiu-se elo
que nos unia
agora

frente para o monstro
o que fazer?
mundo vastíssimo
todos querem um abrigo
gráfico do computador
num sobe e desce
ensaiamos caminhar
trilhas diversas
na floresta entramos
algumas amarras nos sufocavam
publicamente abrimos
numa extensão geral
da cabeça aos pés
pela geografia
do corpo inteiro
não somos sopa
não somos
não

≈ ≈ ≈

no sentimento
poeta mergulhado
passa o oceano
cheio de prazer
longe do desgaste
fora da órbita
garrafa boiando
águas do rio
que se joga
em alto-mar
sobre o ombro bonito
de um mundo
cheio de curvas
acidentes geográficos
frescor de vegetação
agitação urbana
tudo leva a crer

nada fixo
vida rola
beiços carnudos
do universo

∽ ∽ ∽

fico horas a meditar
o que mais quero
em vida
amar
não construir dor
não deixar tristeza
chegar perto
nem me derrubar
fico horas a meditar
é melhor deitar
enfeitar
voar
tapete voador
até mata fechada
onde talvez lá
espírito se expanda
de jeito tal
tudo seja
liberdade
união
fico horas a meditar
não há nada a fazer
ou melhor
não há nada a meditar

∽ ∽ ∽

entrou
de tal jeito

na minha vida
agitou tanto
não sei mais
se sou
espaço real
de mim
em mim
agora o drinque
então saboroso
ficou estragado
pareço confuso
vou continuar
com sabedoria
do bagaço
o mel
do lamaçal
flor para cima

∿ ∿ ∿

no meio das dificuldades reinantes
dos cascalhos
tiro diamantes
seguindo
seguindo
seguindo
brilhando
toda a volta
dissolvendo escuridão
não vejo
não posso ver
poesia como fragilidade
vejo como algo cortante
faca afiada
se há linguagem
há também avesso dela
sonoridade que beire
sim ao tudo
ao nada

∾ ∾ ∾

liguei
não era nada
queria ouvir
voz
desliguei
tudo parece morto
quero vida
onde quer que
ela esteja inteira
cinema
pão
chá
bar
leituras
Gertrude Stein
brisa
varanda
fim de tarde
coisas rolando
meio disso tudo
caminhos
entre nós

∾ ∾ ∾

chão
adivinhações
nas linhas
nas cartas
jornais
tesouras
cartolinas
máquinas
mundo dentro
fora

∽ ∽ ∽

um avião passa
entre
edifícios em construção
nova bossa nova
ouvido do mundo
identidade
memória
eternidade
rosto novo
vídeo
dias de hoje
mísseis em várias direções
manhãs
todas as noites
enigmas poéticos
coisas mais simples
beleza fulminante
painel eletrônico
aberto trigal
não
diga
nunca
nem longe
perto

∽ ∽ ∽

como prosseguir?
no bolso?
nas boçalidades?
onde os índios?
os Andes?
onde o avião?
você pode me ouvir?
a ligação está ruim

imagem batendo legal
toco com bastante força
instrumento furado
da boca
esteja por perto
nenhum porto à vista
com que cara?
esta mesma de miserê
mais para panfleto
tela pinta
o esqueleto
na praia
miragem do nada
batráquios na areia movediça
fetiche da mercadoria
pérolas falsas
começo viajar
pego carona
seu olhar
dança das vísceras
constelação
como num sonho
coordenadas desordenadas
bagunça
escala musical

∽ ∽ ∽

sol
entrando
pelo buraco
da porta
sem chave
na gaveta da mesa
explode
guardado coração
dedo no olho
do gato

faz ele
dar pulos homéricos
pelo espaço sideral

∾ ∾ ∾

como um estalo
baleado
eu
a lagartixa
o ambiente
os aliados
os contemporâneos
um som?
lua meio laranja
forma disforme
sedentária
aquário azul
partícula geral
beijo da teoria
na prática
passagem do claro
ao escuro
salto dialético
raciocínios ao nada
ciência
alguns passam
exercitando pensamentos
inventando linguagens

∾ ∾ ∾

mudar de canal
videoclipes
voar sobre cidades
garrafas quebradas

luar na piscina azul
no barco
garçons dormem
eu você
noite toda
dança erótica
imensa paisagem
ao longe
batuques
celebram boas pescadas

∼ ∼ ∼

quando você está à beira
do precipício
você chora ou ri?
quando você está próximo
ao paraíso
você fede ou cheira bem?
quando você aparece?
quando rasgará a cortina?
quando?
o que você quer?
você é quem
debaixo desta máscara?

∼ ∼ ∼

ainda dormia
você levanta
sai
não volta nunca mais
ando
noites
dias
nenhuma pista

pegada
qualquer sinal
fora dos eixos
tudo deuses
demônios
o que sou?
o que fomos?
entra-se numa casa
como um furacão
incendeia-se um coração
criam-se arcos
depois some-se como folha ao vento
procuro a mim mesmo
não me encontro
fico horas a pensar
jeito de continuar
cabeça a rodar
a todo instante
por onde você está?
por onde você?
por onde?
onde?
onde?
onde?

∽ ∽ ∽

voz ecoa
várias vezes
ouvido do outro
que há em mim
será que não passa
vento inverso
na cabeça do outro
enquanto o eu baila?
tal qual
cara da esfinge
não há solução

fora do mundo
decifra-me
devoro-te
nenhuma identidade
poucas diferenças
reduzido a ossos
meio da claustrofobia geral
entre mistérios
choques
sirenes de alerta
homem contempla
desejo se instaura logo

∽ ∽ ∽

sem essa
âncoras conservadoras
não precisa brincar comigo
meu pique não depende
economia nenhuma
rigorosa
nua
ela vem por entre
braços da canção
na vida
ao baile
temos que dançar
distante
tempestade de areia
palco iluminado
projeção no papel
na proa
crânio do cão

∽ ∽ ∽

temos que triunfar
em vez de diluirmos
no fel
marasmo
devemos nos lubrificar
mel dos dias
falando barbaramente
avançar
não adianta chorar
quarto de hotel
sem ressonâncias
olho pela janela
mulher passa num carro
não me vê
não estou interessado
seus dólares
mexi mexi
poço das contradições
lá
só encontrei pus
como você está?
vou passando
não há sentido único
mesmo sem bússola
não deixar
mundo cair
triste brutalidade
vivo quase me jogando
na velocidade
embaixo dos automóveis
ainda tenho que aguentar
papo furado
cães famintos devoram
fúria dilaceradora
tempos esses
alguns vivem de memória
vivo presente
boca do futuro

∼ ∼ ∼

quando chega
a noite
voz cansada
já não consigo
dizer nada
nem te amo
você se desespera
me insulta
me faz cobranças
simplesmente
durmo sono solto
de manhã
acordo
com voz
circo está armado
a gente nunca
se alcança
desencontros
vivo só
minha solidão
é barco
meu mar
sou eu
muitos

∼ ∼ ∼

pobre coração
material arquitetura
pele cofre
dentro vulcão
filtro emoção
esforço vão
geografia cidades
tempero saboroso

lama em profusão
moedor de tripas
varanda florida
difícil acesso
visão em visão
nascimento canção
escorre torneira
feito cera
do calcanhar
a mão
evolução de trampolim
cheio de acrobacias
erratas invictas

~ ~ ~

todo dia começa
mais um
show de palhaços
pensando bobagens
aventuras na selva
a fome começa a provocar
fúria danada
serpente que se come
tem horas
tenho medo
de me desesperar
sair berrando por
aí sou trovador
nas cordas ácidas da viola
político
no sentido da linguagem
deliciando texturas
palavras
tudo tão exato
teus lábios
alvo sim
sou poeta na montagem

circulação sanguínea dos fatos
quero provocar a erupção
do parado vulcão
gastando mais
que posso goela
para que roupas se o que
queremos é cantar a nudez?
coisas pintando na sequência
talho certo
tensão por entre sílabas
velocidade demoníaca
sou do batuque
do estalo nasce a poesia
certezas na dúvida
tigre asiático
quantos atos tem a vida?
viajo entre belezas
céu azul metálico
seixos no chão
branca luz do sol

∽ ∽ ∽

teu olhar
sorriso
boca
infinito
profundo lago
praia aberta
sem fim
imenso lodaçal
ouro
cristal límpido
enche sempre
não atrapalha
reafirma
beleza contínua

SONORO

∿ ∿ ∿

uns constroem
outros destroem
é vida
sim
não
um atira para o alto
outro atira em alguém
não é nada mesmo
essa vida
servis
ousados
ecléticos
desunidos
despojados
o que fazer?
arregaçar as mangas
mãos à luta
não há tempo a perder
o que quer dizer
alguma correlação entre uma coisa e outra?
pense sobre isso
onde o ponto no homem?
há hoje por aqui?
às vezes tenho asco das notícias
nada é tão importante assim
somos ponto de interrogação
frente aos oceanos
perguntas
ondas vêm
para que ficar sempre coroando
congelando nosso comportamento?
fico horas a pensar
onde se mete o meu amor
que não aparece
não me flecha
por que não chega
me arrebata

me pega
me usa
onde você se mete?
em que mar nada o seu coração?
na base de que canção?

~ ~ ~

por qualquer via
tecido em si
não uso máscara
quando não se tem que perder
há o que ganhar
isso não é nenhuma lei
quem será o amor que virá?
quem me quer
nessa estrada
nesse atoleiro?
levo ao pé da letra essa canção
isso não é nenhuma estupidez
às vezes
a vida é límpida
pelos filtros
da seda
clara luz

~ ~ ~

cada dia
novo dia
naturezas mortas
não há apito
não há nada
sem buzinas
luzes
corpos

flutuam
você tem medo?
de quê?
a violência está solta
olhos das pessoas
movimento da cidade
tudo se passa
entre luzes
jeito que a sombra faz
onde lugar ideal?
na boca da onça
vertigem
viva voz
não diga não
em vão
tempo de estranhezas
agora
aqui
no mundo inteiro
nada a fazer
manter aceso o foco visual
auditivo das interrogações
permanentes questões
preciosas indagações
se é difícil viver esse presente
nada fará mudar
curso vivo das perguntas
tempo todo
mesmo no marasmo
nos campos cerrados das batalhas
em meio às banalidades
às brutalidades
qualquer andamento
levar adiante
até quando
não ter mais nada
para levar

∼ ∼ ∼

diz não diz
fez não fez
foi não foi
isso
aquilo
o que se passou
ontem
anteontem
interessa pouco
pobre capeta
abdicou dos próprios sentidos
abriu para uma mais geral
texto qualquer
nada fronte
agora
acolá
noturnos pássaros
sons sofisticados
ela só pensa
no último modelo do automóvel
tão próximo está a boca do inferno
não fosse a exclamação nossa
fôlego seria igual ao de um cachorro
estressado
parecemos ovo estrelado
no asfalto quente
um sol num outro sol
caos por toda parte
a ciência do imprevisível
relâmpagos no céu

∼ ∼ ∼

vento forte
café amargo
boca seca
dia nublado
estórias

nem pé
nem cabeça
nem meio
nem fim
nem começo
vidraça
ferro-velho
cigarro aceso
palhas
contas
feltro
invenção
objetos espalhados pela casa
minha alma ferve
corpo explode de prazer
não sou bonito
charme se espalha
por aí vai
e como...

∽ ∽ ∽

aberta cratera
no asfalto
cidade dinamitada
o que vejo
veja
uns defecam
choram
outros rezam
gritam
pelas ruas
balas
buzinas
britadeiras
você pode ver
o amor está em chamas?
onde?
onde?

às vezes dá certo
às vezes nada pinta
a vida é mesmo assim
carrossel girando sem fim
de vez em quando pulos
incessante andar
de dia me deito
às vezes medito
de noite agito sem parar
para botar para cima
atingir o ponto
elevar o astral
é necessário cantar
o magnetismo aflorar
a cabeça
o dia mais quente
tornar a vida mais interessante
às vezes dá certo
às vezes nada pinta
a vida é mesmo assim

MANIFESTO

os poetas devem existir para glorificar o melhor e o pior da vida.
para agitar, para mexer, para escandalizar com a ordem estabelecida das coisas, para instaurar novas.
para deflagrar, para revolucionar conceitos do que é belo, do ético, do social, do cultural.
se não for para isso não vale a pena a poesia.
para insuflar mudanças, para quebrar barreiras, para derrubar preconceitos, para espalhar luzes, para abrir caminhos, para queimar o que não presta, o que empata o aparecimento do novo.
se não for para isso não vale a pena a poesia.

um papel branco solto de um dos maiores edifícios do mundo, ao vento, ao ar do universo.
o que é poesia? ela é alimento, estrada, cama, mesa, o um, os muitos.
um pássaro voando de um lado para o outro.
um homem errante entre sons urbanos.
para mexer com a linguagem, para gerar atalhos, para provocar, para tonificar o sentido das palavras, para inflexionar o moderno, para ser a bomba-relógio no coração do mundo, para ser a sensação do explosivo, do mais caótico, do zero etc.
borboletas brancas numa área pútrida.
para rasgar os céus das coisas, para ser gente entre os bichos, para trafegar entre as estações, para transformar o cotidiano, o possível e o impossível de tudo.
para elevar, para levantar, para fazer alianças vanguardistas, experimentais.
para cuspir sobre o lixo do hoje, para armar pontes, gerar poentes, para ser estraçalhadora, para não ser conformada com as estruturas atuais do pensamento.
para remexer na terra, para ser estourada, para ser o coração na garganta gritante.
para não ser cego com as injustiças, as desigualdades, o hoje.
para adiantar o tempo, para danificar o vácuo do presente.
se não for para isso, de que serve a poesia?
para dar informações, sinais.
para ser a pedra no sapato do não pensamento, para ser *performances* entre surdos, para ser o berro entre montanhas.
para espalhar sua chama, para instaurar uma outra ótica geral, o gozo entre lerdos e impotentes, a humanidade entre homens, o desespero, a lama entre os dentes da civilização, para a podridão vir à tona, a ruptura entre as horas lentas do convencional, o choque, o estampido, a luz verão varando as trevas do tempo cariado de utopias.
para ser som, lapidação.
para martelar nas mesmas teclas do saber, para espantar a ignorância, para ser simples no desenrolar dos fios, para ser antenada, para ser desbloqueada, para ser plugada no que aparecer, para ser as cores vivas no estalo das descobertas.
para ser límpida, para ser maior, para ser universal.
para ser tudo, enquanto tudo, para fazer.
para ser poesia, senão não vale a pena.
para ser interrogação, para gerar apreensões, para ser maria-chiquinha na cabeça dos otários, para ser maria-sem-vergonha no jardim dos caretas.
para acelerar o normal, para provocar o riso, a galhofa, a respiração livre.
para ser silêncio entre ritmos, para ser dança entre e dentro das palavras.
para falar bastante, para ter algo a dizer.
para não colaborar com a cristalização e brutalização da sensibilidade do homem contemporâneo.
para ser reveladora, mesmo no que está mais escondido.

para ser um nó difícil de desatar, um portão de entradas sem portão.
para ser como a visão das estrelas a olho nu.
para ser como portas se abrindo infinitamente.
a poesia deve nos colocar à deriva.
deve nos tirar a sonolência, deve nos manter acesos.
por entre a grama no cimento entre paralelepípedos.
para nos alertar dos perigos a todo instante.

A estrada do pensamento

era uma ladeira. sem circulação de carros no meio dela ficava o pequeno edifício. um edifício antigo e depois da terceira escada ficava o apartamento onde ele alugava um quarto. um quarto dos fundos. era estreito, com o pé direito alto e tinha uma janela. um armário, um colchão no chão e umas fotos coladas pelas paredes. fotos de algumas estrelas de cinema e da música. um cosme damião também recortado de uma revista. deitava no colchão, no chão e o teto era tão alto que ele divagava e ia longe. na escuridão da noite enquanto era embalado por sonhos, como no dia em que sonhou com lobos mostrando os caninos brancos e a paisagem era uma região montanhosa e fria. ele se mexia no colchão de um lado para o outro.

a parte inferior do colchão era cheia de percevejos que lhe mordiam o corpo todo e de vez em quando ele matava um com as mãos e um cheiro estranho dominava tudo. e sangue. tinha marcas dos percevejos pelo corpo inteiro e ele nunca conseguia acabar com todos pois eles se proliferavam numa rapidez súbita e cada dia era mais e o pouco tempo que restava era para tentar dormir e logo cedo correr para pegar no batente.

podia ter todos os nomes. todos os nomes e mais alguns: fedor, asneira, sucata, chumbo grosso, temporal, dinamite, cachaça, lodo, meleca etc. detesto mentiras e o sentimento de posse me apavora. traições existem nas guerras e na paz. não consigo dormir, acordo gritando. deve ser o calor. ouvi você chegar. pensei que fosse a chuva. sou andarilho. pego estrada em cima de estrada. quero um lugar no seu corpo. aqui é outro mundo. sou outra pessoa no meio desta roda. por caminhos tortuosos. sempre quis morar nos pântanos, para me separar de tudo. não deixando estragar nada. sempre quis viajar pelo mundo afora. quero beber. às vezes acordo e digo quero beber. tento e volto a dormir. não vasculhe o lixo alheio.

nos dias de folga me divirto engolindo pregos. são ossos do ofício. vejo nos seus olhos que estás tramando algo. às vezes, as palavras ficam presas na garganta. podemos descobrir que temos prazer em comum. teus cabelos estão cheios de areia. quando você foi mais feliz? agora e sempre. quando você quer fazer uma coisa você faz. temos oportunidades nesta vida como humanos para realizarmos o que queremos? quanto tempo leva uma ferida para cicatrizar?
a casa toda cheirava a esperma. parecia que um monstro habitava ali há muito tempo numa constante ejaculação. as paredes tinham jeito amanteigado de que corpos nelas se encostaram. tudo tinha um ar de já consumido. uma espécie de chiqueiro. uma nojeira. o colchão já mostrava as molas pelos lados. umas marcas de cigarro também. o carpete imundo e dentro disso tudo como se fosse uma jaula alguém vivia ali e por ali. rastejando entre a explosão e a podridão. um ser à mercê das badaladas do tempo. e tudo parecia ter, às vezes, uma importância maior e criava-se uma submissão não dando vez à mínima cicatrização.

o relógio e a televisão na parede só trabalhavam na base dos tapas e o tempo era vesgo de certezas neste ninho de estranhezas. um poço de agonias. pedras sobre pedras. o desespero bate forte e faz silêncio entre a algazarra dos carros na avenida e os passos pausados do gato. queria ter um veneno próximo a mim para tomar e ver a dimensão onde iria parar. a luz no lixo. gostaria de ser um mármore. nada sentir, nada se expressar. estou ferido, estou sem fé. acredito, acredito, acredito, e depois minha crença se exala no concreto das coisas. não aguento ser desse jeito. ser assim. estou nu e enrolado no meio-fio. o povo passa. não sei onde colocar minha dor. ninguém vale nada. não estou valendo nada. no saco plástico coloco minha mente opaca de luz.

era sexta-feira. sexta-feira 13. e tudo aconteceu. há tanto tempo anunciado dia. depois a noite. o frenesi, o badalo total. a bebedeira e o final dormindo numa poça enorme de xixi. o colchão ensopado. o disfarce. o perfume a dominar todo o ambiente. todo tipo de sugestão passava pela sua cabeça. os papos loucos na noite naquele bar. o neon azul. a estreia da bela corista no show. disparates mil na jogada. a elza de cabeça para baixo. o desperdício dos textos da atriz exuberante. no espelho, no espelho, no espelho. tenho que parar agora, também não sou de ferro. a vida não é uma máquina e estou enrolado até os dentes. se é que existem mais dentes. estou há muito tempo banguela de tudo. metendo o dedo no formigueiro. ai. verme insolente.

um pouco de poesia. um pouco de mentira. no tempero das vivências. a varanda da casa dava em lugar nenhum. a paisagem já tinha passado de um estágio de percepção para outro do nada. não se via nada. absolutamente nada como visão. a porta do elevador se abre. ele adentra. tragado pelo elevador. sobe até seu andar. no quarto olha o mar pela janela. fica por horas a olhar o mar, como se o mar fosse uma grande miragem onde tudo vai passando. todos os acontecimentos, as coisas, os relatos. ele se perde. ali o tempo é diferente. as horas passando. ele crescendo. até que o telefone toca. não é ninguém do outro lado da linha. ninguém. essa casa é uma bagunça. nada tem ordem. e para que ordem? adora viver no meio dessa baderna.

um gosto amargo na boca deixado por muita cachaça consumida ontem para se divertir e é só por hoje. anuncia sem programação detalhada. sua cara parece moldada no gesso de tão estranha que ela se apresenta sempre. é o retrato do caos, a ilustração da desolação. andando entre areias e cactos, quase cambaleando com um drops entre os dentes. a gente não sabe. a gente pensa que sabe mas não sabe nada. somos quase uns insetos daqueles que pousam a bunda na pouca água da poça e se sentem uns sábios nos seus desenhos acrobáticos. parecemos uma cartolina na sua gramatura. de tão fina vê-se o outro lado. e de nada que somos não nos encontramos no zero.

uma boca que mais parece um fio traçado e fino no detalhe do antílope em disparada pelo campo. assim é o fato de ser uma máscara pousada em cima da tv na hora do noticiário. e o fogo que subiu demais e queimou toda a comida deixando todos mais famintos e sem esperanças. você tem uma mente suja. nunca vi ninguém guiar daquele jeito. não use meu carro. a polícia está atrás dele. já vou. você é muito bonita. vou seguindo. luto como um tigre. corro atrás da presa. você perdeu a cabeça? disse para mim mesmo. hoje não é seu melhor dia. esse lugar parece mais um lixo e está cheio de explosivos. anda, anda, não fica parado. encoste naquela parede. onde está meu carro? saia pela porta e mande seus amigos largarem as armas. você tem fósforos?

por que a gente dá um duro danado e em poucos segundos tudo se desmorona? a noite azulada debaixo do cobertor. a correnteza do rio. sem conseguir alcançar a margem. descendo violentamente com a correnteza do rio. a luta e sua radicalidade necessária. o salto necessário sobre as coisas para a liberdade. o som da barriga. a música corre solta no rádio. fico a olhar o céu cada hora mais azul. o carro corta a estrada no deserto sem nenhuma direção. uma moça zanza de um lado para o outro.

nesta praça, pássaros brincam sem parar nos galhos das árvores e pelo chão. penso na moça loura, minha amiga que nunca mais vi. tem horas que bate uma descrença, uma dor tão grande que é difícil pensar em prosseguir. um corpo sujeito a balas perdidas ou dirigidas. minha alma está pisoteada, em frangalhos mesmo. é assim que quer jogar? eu não estou em suas mãos. gostaria de cortar você como se corta um peixe. por onde anda agora? está me ouvindo? você tem chance de fazer a coisa certa. não me abandone ou rastejará eternamente na escuridão. às vezes lidamos com a escória da humanidade. me sinto acuado. entre suspirar profundamente e o cansaço das batalhas infindas por algo dar certo.

por que você não cala a boca? habitamos a cabana esfarrapada da civilização e suas encruzilhadas. levantando a cortina: fale somente a língua da verdade. todo lugar tem barulho. no maior silêncio tem barulho. era um cansaço atroz. a estrada se bifurcava em outras. um dia batem na porta. ele pergunta quem é. a voz responde: o demônio. entre no meio das trevas. ele abre a porta rapidamente e ninguém do outro lado. estou ouvindo vozes. tenho uma corda nas mãos e não farei mal a ninguém. você tem voz de mel e olhos de estrelas. às vezes, somos forçados a viver circunstancialmente fora das leis. o dedo já alisa o gatilho e é só disparar. se você não tem um cavalo, roube de alguém e faça-o ser seu. o deserto, ao luar, exala um cheiro de selva exuberante.

ninguém sabe quanto custa construir. tenho outras coisas em mente ao atravessar essa longa sala. ele deixou tudo ao seu redor e voltou para o deserto. largando de lado todo e qualquer vínculo com a chamada vida civilizada. o que você faz no meio da lama? crio atrações nas brincadeiras que faço. onde estava? o que tem em mente? vejo além do que os olhos possam ver. minha visão não é limitada por nada. meus sentimentos me consomem, me tomam por inteiro. penso no significado de tudo, da existência. um clarão brilhante passa perto de mim. o que é sagrado? vale a pena a vida? só se sente consumido quem não tem por que lutar. não tenho segredos, não uso máscaras. não sei para onde ir. mas gosto de prosseguir às cegas.

tenho uma interessante fantasia sobre os códigos, os sentidos e a estrada se bifurca em várias e volta a ser uma no pouso do jato sobre a pista. cada pessoa aprende uma lição junto a sua alma. onde a verdade? ela está dentro de nós. às vezes a encontramos no meio do lixo jogado numa esquina do mundo. nada é perfeito. o que é que chamamos de amor? o tapa? o beijo? a submissão? a explosão? só eu sobrevivi. dias e dias flutuando sobre uma tábua no mar sujeito as densidades dos oceanos e continentes e como náufrago numa praia parei. sua traição me atingiu como um punhal no coração. o que sou? gostaria de voar como as águias. alto e com grandes garras. por que não?

quero saber de suas glórias e esperanças, onde estão? perdidos pelo caminho? sofro de um romantismo incurável. a menina que não se desgrudava da mãe. de jeito nenhum. desde pequena ela ficava grudada no pescoço da mãe. a toda hora. a mãe se descuidava e... raspe a parte encoberta e aparecerá a senha. ganhe no tempo o seu dinheiro. se o volume oculto sob a blusa fosse apreendido. éramos atores de variedades. sua fraqueza provinha de uma grande subnutrição. o sol forte do meio da tarde parecia expor totalmente a nossa situação. senti uma tristeza entorpecedora. naquele quarto escuro sem nada para comer. emocionalmente exausto, dormi como uma pedra por toda a noite.

quando acordei, tudo era de uma extrema solidão. os dias eram longos, expostos pelas ruas da cidade esperando não sei o quê... vivo adorando a vida e insultando-a ou a gente se levanta à altura das circunstâncias ou afunda de vez. o tempo todo uma luta para manter a afinação. as visões se modificam no cair da tarde. um labirinto se forma entre o que poderia ser chamado a paisagem e os volteios que a luz vai tomando num registro ímpar que se dilui em outro diferente, em outro, em outro. minha vida não é fácil. é dura. fiquei triste quando você partiu assim. sem deixar notícia nenhuma. sem dizer nada, nenhum sinal, bilhete. nada. fiquei horas a olhar o mar, tentando entender o buraco do vazio. horas e horas e não entendi nada.

estou agora mais aliviado. essa dor foi uma bala muito forte, que me varou de um lado para o outro. totalmente. aquela madrugada você falava de coisas no meu ouvido e agora? de frente para o imenso oceano, sinto-me um inútil na figuração móvel do universo. eu dou chance e a chance se evapora totalmente. me escapa. vago no vazio de tudo até me encher de novo e a vida se diversifica em outras dimensões. como se chamam as estrelas gêmeas no firmamento? eu e você... e o mundo é um poço fundo e podre. começo afundando meus pés no seu lodaçal e depois sou engolido na sua total escrotidão. não me afogo porque me mexo e no meu movimento tomo oxigênio e sigo adiante no pacto com o caos.

ele me ajuda nos tropeços e nas vantagens. e tudo é pouco onde se rasga e descortina pelo olho do dia alongando o dentro e o fora. atuo pelo vácuo deixado com a passagem de um jeito esplêndido de dançarino ateu no fogo ardente e doido do caráter espatifado de um cérebro em movimento. partículas soltas dançam no hemisfério do vidro partido da alma. sonâmbula farsa de uma boca em chamas depois do cariado beijo no bafo de alguém. simples labaredas envolvem o plástico de um frasco maior. a cor da parede era clara. grupo de estrelas reunidas pela gravidade. onde é o centro do universo? a água era escura e a noite extremamente densa. eles se lambem o corpo todo. algum plano? onde a saída? essa festa está sufocante.

estou quente? questão matemática difícil de ser resolvida ou mesmo classificada. pólvora, estopim, estalo e conceituações. língua na rua. boca cheia de formigas. o prato feito de pato. a fome era tão grande nas paredes do estômago que o eco se transformava em angústia, a angústia em desespero e nada nada nada mais se ouvia depois do estampido e suas vertentes. hoje sou um pobre cantador e não sei cantar a não ser aquilo que sinto e o que sinto é grave em altíssimo grau geral. há uma coisa turva perto da visão. onde o porto? onde parar? e o pensamento por que áreas atuar? não se envolva com a lama. vibre na cama. algumas nervuras elétricas. um raio maior e o silêncio ameaçador de um nada zunindo a imensidão.

em cartas abertas sobre a mesa a tão falada sorte. perambulo pelas ruas. sinto todos os conflitos por perto. que cabeça de merda essa minha. tanta titica. e o rosto dela acariciado pela brisa e ganhava características extraordinárias. às vezes quando você menos espera acontece alguma coisa e o barco não afunda. é uma luta imensa para manter a cara da vida.

os círculos se fechando e a gente abrindo outros. na raça. nos dentes para a coisa ir fluindo melhor. um copo d'água. uma flor aberta. um inseto. um pedaço da estrada era só brasas no chão e eu descalço. os pés em chagas e continuando a andar. era a única opção. tudo solidão, devastação. a vista treme do ponto focado. viajando alto nos delírios e sentindo as áreas quentes do corpo da estrada.

ele era fariseu. era tudo o que ele era. suas sobrancelhas largas e seus imensos olhos pretos que num lance viam tudo. armava uma doçura por trás disso para conseguir o que queria. e conseguia. ele tinha essa capacidade mágica de envolver qualquer um em qualquer coisa. era bonito e espalhava sua beleza num misto de falsidades e carinhos. conseguia tudo o que queria. bandido mesmo. em alto estilo. dava golpes estratégicos fantásticos como se a vida fosse uma dança. um *fred astaire* no seu fraseado rítmico com as ações. seu olhar era uma arapuca. você caía naquela rede e era difícil escapar. e era uma tentação só, uma sucessão de tentações. uma atrás da outra. sem parar. seu apartamento era uma fogueira. sem ventilador, nem ar condicionado e as janelas davam para a pedreira.

ele era frio e sempre dizia: não estamos na beira do abismo. alisava as armas, passava pelo corpo afora, pelo sexo. limpava todas. admirava elas todas juntas colocadas na mesa. fazia um calor terrível no rio de janeiro. de vez em quando molhava a goela com uma garrafa de pinga que já ficava aberta em cima da geladeira. pequenos goles, só para aquecer a alma, dar mais pique. um apartamento pequeno: uma sala com um sofá, uma tv preta e branca, um quarto em que mal cabiam uma cama e um pequeno armário, uma cozinha estreita com uma geladeira em frangalhos e um banheiro que mal cabia ele dentro. uma bela de uma infiltração tomava toda a parede do banheiro que já vinha de cima dos outros apartamentos, que vinha dos outros, que vinha dos outros etc.

não vou me afundar. mesmo atolado na lama. eu não vou me estrangular. você já observou um morto. ele não mexe, não se movimenta. está inerte, parado na sua posição. o vivo tem possibilidades que vão da sua própria bondade às atuações mais escabrosas possíveis. ele é o vivo. olhar um morto é triste. uma figura apagada. enquanto o vivo tem luz. o morto é algo sem brilho nenhum. opaco no seu espaço. passando a ponte você chega num bairro pobre. miserável mesmo. ruas esburacadas, esgotos expostos, nenhum saneamento. mas uma gente boa habita ali e por ali se expande. olhos de fome e uma gratidão imensa nos pequenos gestos e observações.

a lua ensaiava aparecer dando tudo um ar de silhuetas soltas. uma senhora se aproxima e me oferece uma caneca de café amargo. tomo em grandes goles e lhe devolvo a caneca vazia agradecendo sem parar. passamos pelas coisas. aprendemos a conviver com elas. moscas passeiam pelo corpo nu estirado em lençóis sujos. equilibrando o mudo sofrimento e seguindo adiante. você está livre. cruze a porta, a rua e desapareça.

às vezes, quando não temos palavras, quando não sabemos o que fazer, fingimos. tudo pode ficar diferente depois, mas sempre começa com alguma paixão. bandidos trocam tiros na avenida. um escândalo atrás do outro. adentre a selva. você se surpreenderá com o que ela tem para oferecer. como posso prosseguir com tudo explodindo no caminho? o que você quer? sangue? sob pressão nascem os diamantes. algo está acontecendo e eu não sei o que é. o que está a esconder? o homem deve tentar saltar seus limites de compreensão, o que são esses pontos luminosos no céu? há um corpo quente no meu pensamento. quem será o alvo? sonhei tanto e o sonho era tão profundo que caí num buraco fundo que de tão preto era azulado pelos lados.

como um náufrago no mar. como um náufrago no mar. como um náufrago no mar. ela está linda, tão linda como o cu do bandido nas páginas da revista abraçada com o chifrudo do marido. quando a manhã está chegando não dá para dormir na questão. estes são os mais longos minutos da vida. esperando o telefone tocar e uma luz se abrir enorme para mim. e as dúvidas querendo turvar minha mente. debato-me. já tentei de tudo. de entregador de pão a colador de selos. frente ao mar me encho de desperdícios. os elogios soltos, a loucura aberta e o barulho sem parar das ondas no seu quebrar na areia. tento não deixar passar nada em vão num registro esforço grande onde tudo parece ser o impossível.

os fluxos são tantos, as vertentes, os horizontes numa ininterrupta sucessão de cenas diversas. minha vida é andar por aí. e saio a caminhar. de repente um tiro. tudo para. partindo de um não sei onde. só se ouve o som. a cabeça é um labirinto. um quebra-cabeça cru, sem formações estabelecidas. as tramas se inflamam numa dança contínua lidando com possibilidades abundantes e dificuldades circundantes. logo o início é o fim e o fim é o início no meio de luzes e trevas. a seca arde a vista, fere a alma e esvazia os açudes, as plantações e o estômago não cola na parede de um lado no outro porque ainda há crença na transformação, na melhora. o órgão jogado no chão ao sol. sozinho no meio de tamanha destruição. tudo dilacerado, nada de possibilidade.

nenhuma nenhuma nenhuma. a não ser a hora que arrancar aquele espinho enorme encravado de baixo para cima ferindo a voz na garganta sangrenta. a tão esperada hora. o jogo do tudo e o sol. somente o sol causticante. os passos no chão, o ouvido no horizonte, a cabeça a circular por aí afora no mundo. naquele canto da sala ele estava iluminado. criara-se uma áurea em torno dele. era uma poça de sangue no chão, no meio da rua. e nada mais. assim acabou uma pessoa. no meio do asfalto. o dia era de um intenso sol, de vida. e tudo prossegue, as pessoas a caminhar, os automóveis na sua circulação normal. o exercício diário das coisas, a escrita, as anotações. os malabarismos que temos que fazer para provocar uma afinação mais contemporânea da sensibilidade, do caráter.

meus bolsos estão cheios de torradas, elas enchem os meus bolsos. roubei-as no café da manhã. comê-las-ei durante o transcorrer do dia quando a fome bater. hoje não serei mais um cego na manhã do mundo. hoje vejo e vou adiante. vivia num quartinho apertado. no canto mais escuro do corredor ficava o quarto. aquilo ficou por vários dias bem claro no meu espírito. a mistura do cômico e do trágico no cérebro aberto dentro e fora do foco. saindo de um atoleiro, pegando outro. e nos separamos, ela a caminhar numa direção e eu a correr na direção oposta.

esfarrapado e sujo através dos óculos nas lentes grossas de aumento pelas ruas silenciosas e desertas. ele se masturba do alto da sua cobertura de frente para a praia e goza com a imensa paisagem. seu passado é obscuro. quem é você? trabalho o tempo todo e não sei de nada. por entre montes de cercas e rios lamacentos. era tudo muito confuso. sempre lutando contra e escrevendo o torto destino. ser um campo calmo. não ser áspero como um arame, uma jaula. passamos por um longo túnel e depois um trevo e a estrada de novo. caminhamos pelo meio de um circo de marionetes sem muitos sofrimentos. somente se movimentando. isso tudo dito no início da faxina. estou sentindo hoje a morte perto de mim.

estou no inferno. fique longe dele. ele é encrenca. lá vou eu. às vezes minha alma vaza pela beira. entre mim e você há uma selva inteira. meto as mãos na lama. eles são terroristas. espalham o desprazer numa sinfonia de vidros quebrados. como uma cobra preparando-se para o bote. ele a mirar o revólver, a mexer no pau sem parar. sem muitas escolhas entre a cama, o espelho em frente a ele mesmo. o pau e a arma. com uma mão alisa um, com a outra, o outro. mundo de gângsters. armas e álcool. nesse mundo não tem amizade, nem confiança. uma garrafa na mão e muito sangue no chão. e os fantasmas que querem corroer o ser. às vezes eles se materializam e até querem competir. na contramão do desejo.

o silêncio da noite foi quebrado pelo motor do carro que corta a rua numa zoada infernal de detalhes. falo de catarro. de catarradas. peito cheio. brônquios inflamados. tosse, tosse, tosse. festival de sons. ele é assim. um raio. qualquer faísca. cambito à mostra. atrás das cortinas abre-se uma porta invisível que vai dar na parede. ele se contorce, pensa e rodopia. boceja, apaga a luz e cai num sono profundo. se o telefone tocar, não atendo. pode ser alguém inoportuno. uma chatice, uma confusão e isso vai terminar sobrando para mim. ela me conta particularidades de sua vida na tarde. os enfoques e complementos são tantos, de uma ousadia que deve ter perturbado alguns na época. e ela parecia sóbria, quieta como se passeasse num carro aberto.

e não era nada disso. o chão se abriu e na buraqueira ela se debateu. no convívio com os ratos, todo o raciocínio se desgasta até o esfacelamento individual pois os roedores não param de exercitar o chamado ato do trabalho em qualquer situação. haja comida, papel, vidas, o que for pela frente. mastigando um bife mal passado e numa sequência de situações e coincidências tudo é um resultado nulo de alguns fatores. o que captam? existe um caos e isso é evidente por toda parte em todos os lugares e o pior que o caos propriamente dito é nada ser feito para que desacelere mais a sua marca na ferida geral.

e no entanto o mar, o mar, o mar. sorumbática e semicircuncifláustica ela atravessa a pista no sentido do burburinho. o movimento dela parece mexer com a atmosfera do universo. ela é nua no seu jeito de ser e isso provoca mutações no caminho. a tarde fica mais iluminada com sua presença. os opostos podem permanecer perto. a tarde cai roxa por entre os edifícios. antenas parabólicas apontadas para o céu. ralações selvagens. os ignorantes serão soterrados com a lava do vulcão do mundo. roendo um pão velho madrugada afora. para as ruas, para as ruas. quero beber do caos que anima qualquer um da saída do ventre materno até a primeira esquina da vida entre balas, bombas e beijos.

acariciando uma faca ele pergunta: por que está tão quente, beleza? pele de porcelana. olhos de peixe é isso que você tem. desesperado. vivo a vida com emoção. por isso não uso luvas nem subterfúgios. célula por célula a fio. acaricio as balas. tenho vontade de enfiar uma a uma pela sua goela abaixo. qual a parte mais importante? você é realmente um anjo. sozinho na estrada. ele encontra a felicidade num chocolate. tem alguém aí? que pessoa? passos na lama. rede para caçar borboletas. agora tenho uma arma e estou no meio do mato. aonde você vai? vou procurar algo para comer. minha atenção já foi muito desviada hoje. ficarei bem atrás de você. quer um convite mais formal para atravessar a ponte? será uma cilada? uma pista? se pegar outra rodovia, os atalhos são muitos e nos desencontraríamos. deixa a luz acesa. sempre o marinheiro volta à casa depois do mar.

quero descobrir o jogo. está pronta para aparecer? você não é de se jogar fora. intacta e viva. isto está sem graça nenhuma. portas e mais portas. poderia ficar gritando e você não me ouviria nunca. onde o caminho? as passagens secretas da construção. preciso ir, sair. bater em retirada. por que a surpresa? não há razão para ser negativa. você tem sorte. palavras não me ferem. há uma ânsia em cada borboleta. tem sangue nos lábios dele. para arrancar algumas palavras suas será que terei de tocar fogo no campo? é grande a ferida.

o que foi que você disse ao descer a escada? as letras do meu nome compõem um dístico. camponês e seu arrozal. o silvo de uma serpente. quando perco a consciência, às vezes, vejo o universo se rompendo na minha frente. acredita do fundo do seu coração que deus existe? como se entra no sistema completo? onde a emoção? meus sentidos estão aguçados. igual às cordas de um instrumento pronto e afinado para tocar. qual a razão de estarmos aqui? tudo parece tão escuro. e não sei onde mexer e o que fazer para que a luz apareça. os fios estão soltos e não vejo nada a não ser a mim e seus limitados infinitos.

no coração da mata. fecha os olhos e por instantes conseguiu sentir o silêncio dentro de si. que sentido têm as palavras? devastando a floresta. o amor e o ódio são muito parecidos. a felicidade às vezes é uma busca e ela demora a vir. e é só uma pedra. como algo corrosivo. no meio de tanta sujeira sempre nascem flores. ninguém ajuda ninguém. ninguém tem pena de ninguém. andei, ando dentro dos dias e das noites infindas. procurando o quê? mundo de cães: doidos e famintos. querendo estraçalhar a primeira coisa que aparece. estou à deriva, precisando de uma chance para plugar e flutuar. o caminho até o próprio rosto tem que ser tirando as máscaras que vão ficando grudadas no espesso roteiro da casca do ovo até a gema propriamente dita.

ou no caroço do abacate. são sinuosas. losangulais. uma espécie de farofa. que não está cozida. desbotada padronagem na peça ainda em rolo de tecido. o que não foi preparado, que não mudou sua identidade. luz crua, direta, sem disfarce. nua em qualquer situação. áspera, angustiante. algum tipo de carne. sem nada mesmo. simplesmente raspagem. coreografias eróticas. perigo nas esquinas. descendo e subindo as correntezas da cola em bastão. a panela sem fundo. o inexplicável é impossível de explicações. completamente exposto, largado mesmo. e o riacho tinha pouca água e a sede era tão grande, tão grande. que de umas goladas e na fúria que eu estava secaria com tudo logo.

seco rio. não mais converges para o mar. calcificas teu curso dentro de ti. adentrando tua pulsação. meteórico efeito visual de computação. no curso natural onde ontem era água fluente hoje tórrido caminho do nada a superfície. o extraordinário lance vital. dela em si mesmo. contemplando a luz do sol. cantadores. lanterna mágica suspensa na porta da cabana na praia deserta. a semente dá fruto, espalhando-se. lutei para não morrer na onda enorme.

não consigo falar contigo. já gastei todos os meus cartões. a agonia rende. novo percurso. não quero ser longo. não quero feridas. quero você para mim. é verão. o vulcão vai explodir. dias cinzentos. eu e minhas coisas na estrada sem fim. vejo o tempo por dentro do tempo e ele é um labirinto. uns chegam de mochilas e sandálias. outros partem. nervos esgarçados numa luta imensa. tento ser emoção. não virar cascalho de vez. nem carne mastigada. por entre pilhas e pilhas de complexidades. consertamos e estragamos tudo e todos. ainda não inventaram círculos que me prendam.

o buraco da agulha. o foco em movimento. esta porta é um visgo. nela não vou escorregar. já abri tantas para sua voz entrar. e quem nela chega bate de frente com a palavra amor escrita em letras grandes. os coiotes continuam rondando a casa caiada dos vivos. bote a boca no mundo. grite tudo, esguelhe-se. se deixarmos a maçã num lugar por dias ela apodrecerá. mas se passarmos os dentes nela, ela se tornará parte de nós. somos a escolha do que fazemos. esse é o acontecimento real da maçã.

quem sois? pergunta a amarga e trágica voz da pedra. sou o vento. aquele que passa pelas frestas e se incorpora na matéria temida do nada. sou éter. ataco e evaporo. sou dança, sou fogo. tenho pensado tanto e no entanto saído pouco do lugar. afogado na noite fria do desprazer. na silhueta disforme o susto nas matas do desconhecido, do impossível. as dificuldades aqui são visíveis por entre os labirintos que a fome instaura nas paredes do organismo e o largo pensamento desenhando visões. andando pela cidade. por baixo, por dentro e por fora nas diferentes vias. o trem passa como se corta uma fatia de bolo com uma faca afiada. roo a mim mesmo e a minha solidão também. vou mastigando tudo no tempo passante por entre cacos outros de garrafa.

bebo tudo isso num grande gole e não me satisfaço não. inquietação na detergente carne do lerdo espírito da humana paisagem. na natureza morta do espetáculo da vida. leio nos seus olhos algo que o ângulo da visão instaura de luminoso no que vê. assim são os dias entre nós. você corre na pista, eu te enlaço no voo. tenho um explosivo dentro de mim. contemplando a luz do sol vou vivendo. coração de pedra sem nenhuma perspectiva à vista. jogado contra a parede do desespero o inseto bizotado no desejo crescente de rodar sem fim a esfera da lâmpada branca e sua projeção sobre o escuro. isto é uma geringonça. às vezes a gente acerta, depois desacerta um tanto. rabiscando a sombra das coisas sobre a tua pele morena brasa contida entre teus pelos no absoluto amor. das tuas pernas à alma inteira.

e de metade em metade formamos um inteiro nesse quebrado de nada e nozes. as interferências se realizam nos ciclos onde elas mesmas se realizam. canto solitário dedilha violão som na rua. cavalo pasta madrugada afora sem pressa. quando se tem pouca sorte vive-se no abismo. na solidão da noite, uma cabeça de cebola. não é mentira é tudo verdade. é tudo ou nada no perfil da desgraçada. de que vale insistir se você não me quer? se pareço uma brincadeira, se já me enfeitei, soltei sorrisos e você parece que não existe. sou feliz porque sou teimoso. ônibus passam cheios pela contramão. pássaro voa do chão e ganha braços abertos do mundo. respondo-lhe com grande secura. ficamos sem entender direito quase nada da fusão dos estados turbulentos das diferentes partes de uma mente dilacerada por correntes múltiplas.

era um assalto. uns garotos novos. pareciam sérios, serenos. sentados em vários pontos dentro do ônibus. de repente um deles dá uma voz de comando e começa a ação. tiram tudo das pessoas. eram umas feras a traçar o que tivesse pela frente. deixando todos por instantes tontos. saltam, vão embora. nunca me senti tão invisível quanto naquele momento. não faça isto. por que não? se você não gosta de um programa, seja no rádio ou na televisão, o que faz? por que não estou conseguindo? por que ainda vivo? eu estava perdido jogado no mar no meio dos corais. então deitei na areia e fiquei a olhar o céu estrelado. o tempo está curto. temos que sair. quem jogou esta torta? a quem possa interessar.

com os pés no deserto e a cabeça longe, muito longe de tudo o que não seja a concretização de alguns sonhos. ando e continuo no mesmo lugar sempre. parece que o tempo não passa e que tudo volta a estaca zero e vai e volta e vai. assim é o destino de alguém que parece mais um cacto do que qualquer outra coisa. sou matéria feita, desértica dissertação, ponto forte num campo fraco de fermentação. tenho que continuar treinando sem parar esse bate bola. sem fuga, nem canção, tiro de rumo nenhum. despido, progredindo não sei em que direção. quando você pensa em sim e reage como não.

parece que algumas bombas vão estourar por toda parte. estou tão cético como quando comecei. penso com clareza. os rastros sumiram na estrada. não posso fazer nada que afaste você de mim. juntos temos boa chance. o largo dos mendigos, das prostitutas, dos bêbados, dos ratos, dos desiludidos, dos sem-casa, dos possuídos, dos loucos, o largo da luz. por entre ruas tortuosas do centro, num labirinto de pequenas vielas igual às artérias que o pensamento vai desenvolvendo até as larguras maiores de um gráfico para a orientação geral. e ele geme. apesar de todo amassado, geme. o que era folha inteira, agora uma bola amassada e geme. geme sem parar. pássaro vermelho. todos os dias, ao meio dia, te vejo cantar. palhaço, quero beber o melhor. sua voz sai estranha, rouca e pouca.

você lava direito os copos? e o corpo? tem gente que usa etiqueta no pescoço. se algo acontecer de ruim para você, será para mim também. nasci vazio e aos poucos fui me enchendo, aos poucos a consciência foi se alargando em mim. aprendi a confiar e conviver com meus instintos. a enfrentar a poeira do deserto. hoje sou um perfeito animal. já tomei muita porrada na cara e ainda tenho o que aprender. só preciso de uma arma e um tempo para me curar disse ele com o corpo todo esbagaçado. está tudo no chão, está tudo queimado. tudo tão duro como começou, mas algo mudou. descubro no percurso que a força está dentro da gente. passa-se por muita coisa na vida e as mutações vão acontecendo. também tem muita coisa a nossa volta que não podemos explicar.

acredito na possibilidade de harmonia e às vezes encontramos mais semelhanças do que diferenças no humano. conte nos dedos o que você pode fazer hoje. e no meio da estrada percebo que ela não tem volta, para trás tudo era a mais bruta escuridão. ela só tinha a frente, o seguir. no meio de tanta porcaria, há um tipo de tecnologia... meio ambiente. crianças trabalham martelando pedras. a luz intensa queima a vista e dobra a testa. a visão era de capim verde por entre o arame farpado. o olho semiaberto. a paisagem febrilmente deslumbrante na sua morna capacidade de ser. o gado defeca pelo caminho de lama. o jovem gagueja com moedas na mão.

eu dormi e todos os papéis, as anotações voaram pelo ônibus inteiro, atravessaram as janelas e foram para o mundo. eu não estou falando grego, pombas. cidade abandonada. dominada pelos vermes. ela se aproxima faceira querendo me abocanhar. a desconcertante arquitetura das ruas e casas desalinhadas. parada obrigatória. o velho pensador. ciganos aos montes. muito falatório. voz fanhosa, saindo pelas narinas. o rio corre paralelo. caminho de sol. bandidos entre os cafezais. ela limpa o cu com folha de cansanção. sai pulando. quem mandou cagar no mato e pegar qualquer folha. luz mais luz morre o poeta alemão no seu delírio. palmeiras em leque. casas brancas. picolé de limão. garoto gazo. numa careca de solidão, parto num rompante.

a flecha de oxóssi disparada para o alvo certo. pessoas olham quando escrevo essas anotações. sinais de desmatamentos por toda parte. planeta árido. seixos incrustados no asfalto. sombra das bicicletas em movimento. natureza emborcada. tipo cágado na situação sem conseguir se virar. o terreno foi semeado. as coisas brotando. na pista dançando igual animal. não sou nada. na dor é que se aparece. a cabeça dele estava toda esbagaçada no chão. depois de uns dois ou três pesadelos num desequilíbrio sufocante de imagens densas tive um sonho leve, era um corisco faiscante passando por entre as estrelas, algo que fascinava o desempenho de si. dos pesadelos ficaram lembranças pesadas, parecia que tinha levado um soco atrás do outro pelo crânio. foi atordoante, foi cruel mas parece que teria que passar pelos estreitos buracos do queijo sobre a mesa para meditar sobre as dificuldades e que nem tudo são flores atiradas na água inquieta da alma nublada de claridades. ficou do susto a presença do olhar a minha cara de frente no espelho e conviver com as escarpas e densidades de um jeito manso e turvo ao mesmo tempo do corpo e alma do humano.

que tal provar algo diferente hoje à noite? está com fome? o que está pensando? acho que está acontecendo alguma coisa diferente que eu não sei definir direito. se os bois voassem eu diria que teria visto algo diferente. parece que fui picado pela mosca azul, não paro de bocejar, uma moleza e estou cheio de sono. estou tomado e preciso prosseguir. você pode estar inteiro fisicamente mas por dentro ser um poço de frustrações. mas quem sabe o que vai acontecer no futuro? as coisas, às vezes, acontecem em câmera lenta. não falo de adivinhações. falo do que tenho certeza. por que uma pessoa que tem tudo para arriscar não se arrisca? uma mítica: a linha do horizonte. as opções são poucas e bastante limitadas. tropeça e cai. agora sou ferrugem.

cortar as palavras como um japonês corta o peixe, tentando deixar a parte mais macia para o mergulho dos dentes. sem gorduras somente as palavras e sua limpa imensidão em si. ela falando para uma amiga: nunca fui de ficar empurrando carro de bebê na orla. fazendo caras e bocas de mãe aplicada. isso é um ponto de vista. faz-se dinheiro com sexo. ele olhava cada pedra do calçamento com uma grande observação. você é como uma fruta, amadurece rápido. no meu caminho não preciso de uma boa pontaria, somente ir. por dentro sou uma bomba-relógio prestes a explodir.

na noite negra dança um círculo de fogo espesso deixando sempre as coisas beirando os extremos. mergulho para dentro de mim e volto à superfície. depois do primeiro tombo vêm os outros. e assim por diante. se não devassarmos com os limites o que seremos no próximo milênio? vinham umas pessoas hoje aqui. elas ligaram dizendo que não viriam. alimentei muito a vinda delas e elas desistiram. os ratos passeiam pelo ambiente de um lado para o outro sem parar. uma concentração de gases poluentes naquele ambiente com pouca luz antes de a sessão de cinema começar. um homem é identificado como assassino por um passante que avisa ao policial que está perto. logo seguram o homem que é linchado em plena rua pela população até a morte. isso acontece o tempo todo. o clone trai o original e sai a gargalhar da besta geradora de sua força. podre criação de um mundo em fétida desarmonia. da janela igual a um formigueiro, o povo a transitar pela avenida e ruas paralelas ao mercado de peixe. zigue-zague de um lado para o outro dos transeuntes formava um desenho móvel que deixava qualquer um tonto e confundia totalmente a visão.

ela acorda nua e loura. acorda como um vulcão em erupção. vai ao banheiro, faz xixi e evacua. lava-se, pega o pente e começa a passar nos longos cabelos dando um trato. lava o rosto, escova os dentes. nua. caminha até a janela. abre a cortina. abre a janela e fica a olhar o dia com intensidade. ela, nua, loura na janela de apartamento em copacabana rio ao meio-dia. abre os braços para o sol. um tiro vindo de não se sabe onde estoura o crânio dela. ela cai morta. ninguém vê nada. ninguém sabe de nada. ela, morta no chão do apartamento. a solitária *sexy*, que vendia seu corpo nas horas do dia inteiro. ficou caída no chão do seu apartamento cheio de santos por todos os lados e sangue por todo o chão. por dias e dias. até que os urubus começaram a rondar as janelas do apartamento. alguém sente um cheiro terrível. os urubus dentro do apartamento a bicar o corpo podre. um corpo em decomposição por horas dias e noites seguidas. e nada acontecia. ali não existia mais vida. somente a morte e sua negra composição espatifada entre paredes e janelas de vidros quebrados.

uma boa merda essa vida anunciam os jornais no último dia do ano denotando uma falta de perspectiva e um pessimismo aparente por entre os gritos de vivas da virada próxima. fazer alguma coisa, o resto é brutalidade. na marmita, um macarrão frio com um pouco de feijão por cima. você não diz uma só palavra. silêncio total. há uma semana que você não diz nada. está dentro do vidro tampado. na hora que o desespero bate e entorta totalmente um ser humano tornando-o uma barata acuada no canto da parede por fortes sapatos todo instante é valioso. precioso como uma mão próxima a outra, já quase se pegando na pulsação ou o hidratante sobre a pele seca do corpo no toque da gaita sem parar.

ou insistindo no que não dá fruto, por quê? porque há uma crença desenfreada de que vai dar certo seguindo a estrada na reta preferida do coração. mas tem os fatos, as contradições, os ventos provocando distúrbios e a reta se confunde, e o que parecia fácil se torna difícil na confusão das sensações até o pôr do sol, a escuridão e depois o novo dia e suas variantes no barco solto. a água a vasculhar o casco gasto de tanta ação, não posso me desesperar. encho o peito, mas esperança que é bom está pouca e creio que não vá muito adiante seguindo como um sonâmbulo. espremendo a cabeça como uma laranja que não para de dar suco. terminou de espremer, volta a ficar fértil e espreme mais e mais suco. nenhuma luz em lugar nenhum.

tenho os olhos cheios de lágrimas no claro do mundo. sinto que sou alguém, porque minha sensibilidade denota um jeito, um estilo de não ter estilo e que, apesar de tudo, é preciso e necessário seguir. que um dia, um dia, ninguém sabe quando a coisa vai, a coisa melhora e aí então verei que valeram a pena a dor e o esforço de ter prosseguido atrás das metas que na verdade não é nenhuma, senão viver. uma dor enorme tenta se aproximar de mim por todos os lados e poros. parece que algo está me comendo por dentro em enormes bocadas. não deixar a dor me dominar. afasta-se de mim. quero caminhar. agonia imensa sai de perto. vai para longe. um redemoinho, um turbilhão. um cheiro de naftalina nas roupas do armário. bato os pés no chão. escabelo-me e nada. você é um fantasma que habita meu pobre e solitário castelo. inútil coração. viver sob pressão. como uma galinha na panela. em poucos minutos está pronta. do mesmo jeito que ir para a cadeira elétrica, abotoou, pau e quem é o próximo? o próximo é o mesmo.

um jato sobre o olhar ensandecido do cão. uma trituração desesperada de tudo o que está pela frente. opaco, invisível, mexendo os sentidos. um sujeito sem jeito. por mais que tente, nada. uma anta sob olhares fartos de muriçocas. a temperatura da água era tão fria que ele nem conseguia colocar os pés. um faminto delira olhando os pães na vitrine da padaria. você fala tantas línguas e, às vezes, não quer falar. vamos ficar em volta da fogueira. estou com o coração partido e é difícil consertar agora. caminhei demais não estou raciocinando muito bem. quando o fogo apaga, vem o frio. os mapas e suas fronteiras. estou escrevendo no escuro esses rabiscos, foram feitos no mais negro dos negros tempos onde nenhuma luz chega. eles brigam feito animais. é árduo e duro o caminho dos homens. a vida. encarando a realidade. não há como sair da ilha. ela está cercada de ferozes tubarões. temos que ser o que somos. seguindo pelo caminho da reta da certeza com pontilhados de ceticismo. há um desequilíbrio: o humano e o animal em questão.

de repente a estrada findou e me vi dormindo no meio-fio, na calçada de um terreno baldio. em volta vários corpos estendidos, alguns mutilados. saio a andar, reencontro a estrada logo mais adiante. como se tivesse levado um tombo e rodopiasse igual a um pião até o chão. e cambaleando recomeçasse tudo. eu sou o outro, o eu, os muitos e a estrada, várias. sendo uma única sempre. ele martela a parede vizinha a minha com toda força e não há santo que aguente essa araponga a enlouquecer os ouvidos de toda uma rua. conversou e desconversou num lance rápido, montou no camelo e começou a caminhar pelas areias do deserto.

tudo fica turvo quando puxam o tapete debaixo dos pés. vivemos num campo de flores minado por pus. e essa dor se espalha. que essa dor se espalhe. que essa dor, que se espalhe. vivo a ouvir todo mundo dizer: estou sozinho e com deus. pois comigo é assim: estou sozinho e nada. uma grande dor no coração. um coração de merda. que pulsa, que sente para quê? se ficasse parado seria melhor. um coração insensível, uma cabeça de gelo num corpo de isopor. assim, acho, seria melhor. um objeto humano, pairando por entre sílabas, nomes, ruas e mundos. um fantasma vivo. um monstro gigante. um robô de carne e osso.

pela janela do quarto que avista o mar entra na manhã solar um disco voador. roda o quarto todo e sai como entrou. fico taciturno vendo aquele objeto metálico platinado transitando pelas minhas coisas: livros, roupas, cds. quando parte, tento acompanhar mas não consigo pois a luz era tão intensa e parecia que havia vários no espaço. senti-me tonto, fechei os olhos e por um tempo cochilei profundamente ao vento. onde ela foi? simplesmente saiu na noite do deserto. onde o horizonte?

quanto mais você caminha na direção do horizonte ele te escapa e fica diante de você. o horizonte é uma definição de lugar a chegar e onde nunca se chega lá. você foi muito corajoso naquele lance. foi puro instinto. o chão parecia se movimentar bem na minha frente. durante a sesta houve um burburinho, ninguém sabe onde e quando começou. pega carona embaixo das asas do anjo e se solta perto do areal do rio. acaricia o corpo e sente novidades no jeito de mexer a cabeça nos momentos chamados difíceis. tudo tem sido de uma violência enorme. como um soco forte na boca do estômago vazio. um desgastante passeio em volta do mesmo círculo. patente popular do desânimo. na estrada, cada pétala é um tombo e cada espinho é uma dica. que fazer? como prosseguir quando a estrada finda? aparecerá outra? aparecerão outras ou tudo acabará?

Conversa de Mosquitos

1

um novo organismo novo
pássaros despertam manhã
caboclo triste
ar de sertão
vida e homens áridos
com o pé na água do rio corrente
correr trechos
estradas
tampas
boca aberta cariada a sorrir por
montanhas de desconexas palavras
soltas ao vento no balanço da suave
palmeira que brilha nos últimos
raios de sol da tarde de hoje

... que os homens sejam mais humanos
angústias do tempo presente frente
ao conservadorismo contemporâneo
deve-se gritar muito para manter
a liberdade numa sociedade de caretas
a cultura do selvagem
tocar a vida
não fazer todo dia mesmo percurso
o mundo se encolhendo sem repetição
diminui
aumenta
quebrar barreiras pular cercas

derrubar muros
dinamizar a linguagem
roupas no varal
sol aparecendo
estradas
longas
retas
curvas
paradas
cidades matos

tudo é longe
tudo é perto
rota do coração
caçador híbrido
multimistura
gente
voz no tom
estilo certo
telhados
pássaros pousam canto

quando vejo já estou acordado
tão ligado que sou
durmo acordado
batida do coração
circulares
juntando a fome com a vontade de comer
o ser e o ter no mesmo prato de barro e bosta
vida dura
não se pode olhar por uma só janela
fica tudo sem perspectiva nenhuma
fica pequeno
fica sem graça
fica pobre
estou meio solene onde antes não havia nada
imunda
devassa
tudo cheira a esperma e merda
Copacabana

homens desejam os rabos das mulheres
tudo pútrido
putanheiro
na hora do quiproquó
devemos experimentar qualquer uma
orangotango
orangutam
simples gema

outra de frutos
animais selvagens
os problemas que enfrentamos
são os mesmos que criamos
podemos alterá-los num esforço
individual e coletivo
amor entre tapumes
novo coro do tamborim
duas asas de pássaro
feliz e teimoso
a vida arma alguns buracos
como sair deles
faço uma poética de rupturas
algo nada parnasiano
mexo com linguagem
ação
comportamento
sensibilidade
delírios de visão
ruptura com a forma
estilos de pensamentos

partes de uma flor
língua solta
tá tudo um lixo
ele rodopiando
estúdio
apartamento
terreiro
infinita sensação
coração belisca
arfando no peito
estranha paixão
minha casa estava habitada pelo terror
pela dor física
pelo vazio
existem pontos
o que move o mundo:
as revoluções na linguagem
espaços noturnos

as subcondições de nossa gente
as elites a arrotar mediocridade por
todos os poros

cidades
ruas
quartos
chuveiros
ônibus
carros
eu canto isso
quando você é invadido por essa
violência física que tem a vida
o que você faz?
levando a vida de acordo
o que pintar
canto dos pássaros
manhã desenfreada
automóveis nas pistas
vulcão de luzes
muita fome
manter estilo
sinuosas
prazer no papo
no voo
na coragem
no salto
retalhos

dinamite *blues*
orifício do macaco
veja o futuro
imaginação não pode ser confinada
meditações sobre o caos
o inverno consumindo tudo
as árvores
plantas
folhas
a alma
as calorias do organismo

tudo daquele que não sabe se prevenir
ela perdeu a consciência de si
escrever
escrevo diferentes coisas
depois colo situações
computador é uma máquina que se mexe
remexe
e é isso só

abrindo espaços entre estruturas
texturas
cultura global
amor é igual ao arco-íris
vem em várias cores
átomos
os monstros também dizem amor
não deixar que o desespero
tome conta de mim
bombardeie o sistema
ovos
leite
bananas
conectado com o mundo
era das sensações
mais ciência
estamos estrangulados pelo
subdesenvolvimento geral
os homens possuem instintos
parecidos aos dos animais:
fome
sexo
pulsão
vital
reflexão

sobre o futuro
nada sabemos dele
não congelar os dias
tudo é contraditório
o músculo da voz

mapa múndi
hora mágica
escrito a mão
secretamente vou construindo
no meu coração
amor por você
fazer do defeito
efeito
queimando a múfula
halo em volta das mãos
claro é escuro
repensar a forma de entretenimento
não sei o que fazer
da minha vida atualmente
crua meditação
nuvem branca num céu azul

descobertas arqueológicas
algo mais livre
andar cantando
gente simples
coisas
sofisticação
caldeirão onde tudo é possível
dentro do organismo
o céu quente da poesia
cidades do mundo
circulação motora
universo
o mundo aberto sobre o colo
mão
uma
outra
mapa
asas abertas do pássaro a voar
camelo amarelo
antena parabólica
silenciosos transeuntes
calma e caos

a longínqua visão
de uma outra terra

durante o voo
retrato falado
seco e contido
coisa atrás de coisa
estou como um trapo
jogado na rua do mundo
onde a felicidade?
meu coração em chamas
pegando fogo
seus olhos
luzes de neon
estrada deserta
brincando com diferentes códigos

olho nu
enquanto todos dormem
eu trabalho
deixando água cair pelo corpo
me pergunto:
para que isso?
por algum tempo
desejos fortes
alguns amores
vai-se fazendo
vai-se largando pelas estradas da vida
pedaços da alma humana
em volta do universo
isso acontece todo dia
isso aconteceu ontem
isso acontece sempre
lugar de imensas misérias
carta aberta
toma-se fôlego entre palavras
canto denso
vielas da boca
favela tridimensional

panfletos autografados
luzes queimadas

jornais
violências
no meio do lodaçal
gases
atravesso ruas
loucos surfistas
aventuras no furioso mar
caçador
busca de algo
sempre todo dia
paisagem seca
cair na lama e se sujar
prato de comer
faca raspa o prato
por dentro do batuque
de um círculo estreito a um maior
paisagem desgastada pelo sol
caminho matinal entre pedras

faísca
embrião vegetal
quem fica perto
tem mais sorte que eu
sem luz numa cabana
pedras
flores
algodão
asperezas
corpo de pensamentos
floresta circundante
ser invisível
ciclo
silêncio do outro da linha
complexidade na sua simplicidade
dar no couro
eu e meu violão
pela fala

pelo andar
empório cultural
sensibilidade de paquiderme
corpo humano
pôr do sol dos tempos
centro explosivo
pegar ou largar
traço livre
sem véus
acordes diferentes
linha muda da vida
tem pessoas que querem interferir
politicamente nas liberdades
coisas que se alastram
guiados por instintos libertários
posso ver o sol nos seus olhos
de que pensam que sou feito?
pele de fera
dia eu
magnético pingue-pongue
névoa
neblina
vivo na sombra da imaginação
algumas palavras

coisas em si mesmo
a guerra começou
estourada manhã
manter o ânimo no meio da escuridão
meditação no branco
rasgando papel
meu mundo é fundo
não tenho sorte
não sou seu
muito fundo mesmo
arme suas teias
do nascente ao poente
o confronto radical entre imaginação
e informação
onomatopoesia

picoto realidades
pétalas de flor
sofisticado numas
simples noutras
caldeirão fervendo
os reprimidos de hoje
cancerosos de amanhã
redesenho geografias
com meus passos
aprendendo no silêncio

os inquietos mexem o mundo
calma observação
dor e prazer
espessas florações
cobra vai deixando
casca pelo caminho
cavalo branco na rua verde
aldeia cibernética
conquistas tecnológicas
universo ligado pela comunicação
mídia intensa
luzes dos acontecimentos instantâneos
mundo imenso
glórias

festas
guerras
desastres
apoteoses
fusão planetária
jatos duma fragmentada terra
criar tensões
pensamentos entre sílabas
ao lado
uma competição
textos para humanos
criação e destruição
chamo poesia tudo aquilo que quero
eu e a minha dor

declaro
mais silêncio
declaro
centros de força
perguntas a mim mesmo
diariamente piso em brasas
tenho os pés intactos

a tecnologia
o tempo
todo derruba padrões
quando você pensa em chegar num patamar
logo
logo tem outro
tentando clarear
aspecto primitivo
gosto de fruta bem gostosa
percepção ousada
não sou um rio que corre normalmente
sou um rio revolto
misto de beleza
e sabedoria
sinalização erótica
homens e mulheres
insensíveis
movimento interno
estrela que faz tudo
me encontro nos cobertores

conflito à volta passo
a mão pelo mapa múndi
canto para a multidão
me sinto só
trituração
olhos envidraçados pela janela
homens vivem mal
vida no açougue
carnes penduradas
sangue escorrendo sem parar
eles sofrem

lascas de vida
corações podres de galinhas
na brasa

pulsa-se pouco
medo de uma maior ereção
céu aberto
ciumento garoto
meu coração tá vazio
perguntas a mim mesmo
solitária voz no deserto
estou num buraco fundo
só vejo você
dentro do buraco fundo
só vejo você
em volta do buraco fundo
só vejo você
nada por perto
só vejo você
passo a mão no buraco fundo
ninguém
no meu pensamento
só você
buraco fundo
você

palmeiras balançam
forte vento sudoeste
afins
escapulidas
passando a língua no corpo do tempo
embrutecida bruma
silêncio perturbador
flor podre
sem nada
luz na hora certa
isso é um míssil
não permito
me sinto afogado
bagagem

nós podemos mudar o mundo
tudo tão contraditório
nocaute nas nossas faces
impressões atuais
você já viu o que está escrito no meu olhar?
onde colocar meu desejo?
quero ver fogo onde tem faísca
botar pilha
o silêncio era tão grande
no meio da mata

dava medo
não faça das suas limitações
conceituações
minha cabeça
sou a praga que infestou sua plantação
quase canção
olhos imensos de gente
você é meu amor
meu ponto de luz
minha incerteza
meu caos
meu cais
cidade azul
escrevendo
escreva sua vida

2

o caminho. o tempo. sem limitações. ampla concentração. concerto sinfônico para urubus. da varanda, flautas. mantras. o sol faz formas de luzes no céu para o universo. eu sou uma ilha flutuante no ar do mundo. circo prazer. algo está errado. preciso fazer coisas no caminho do sol. triste estação do tempo. seca solidão. pedra sem cor. encher o vazio. material de exportação. qual a novidade? onde colocar o desejo? na lata do lixo? arcos. estou navegando por entre as tormentas do tempo e que tempos duros esses. o insensível é o rato que anda por aí. exijo de mim e dos outros, tudo. dias longos. o sol volta a brilhar. sua luz por toda parte. *sunset blues*. *Something like beatnick pop postmodern*. flores na parede. frutos na iluminação. cotidiano banal. o poeta exilado. grito seco. os dias passando, eu pensando. coração aberto. doce luz. voe. contraditório como tudo o que incendeia a vida. quem fica perto de você quando você precisa? quem? diga num lance. pegue trabalho. jogue-se na estrada. quebre a cara. quebre tudo. quebre o que impede. siga marimbondo. os 15 minutos mais longos da história.

doenças tropicais. quase canção. trilha do sol. o dia em que a terra tremeu. brincando com a própria sombra. as ruas nas grandes cidades. o circo tá pegando fogo há algum tempo. nova estação. a explosão da bolha. retrato sombrio de alguém. texturas. pedra lascada. envolto em biombos. barril de pólvora. poética de circunstâncias múltiplas. complexa estrada. os campos. botando pilha. deixar que outras coisas entrem e encham a vida. estranha bizarrice. meu universo. minha imaginação. minha estrela. meu som. estamos no meio do deserto e há deserto por toda parte. por toda parte há deserto. a boca do trem que corta a paisagem da zona norte. eu numa redoma de vidro querendo partir tudo, quebrar tudo e como vai ficar depois. eu já quebrei, eu quebro e quebrarei mas depois como é que fica? o sujeito do assunto remando contra isso, a cabeça na parede, meu coração na boca, eu só, eu e o oceano dilacerado. escrevo teu nome na areia. menina nua na praia. recolho-me feito concha dentro de mim, e dentro de mim não tem nada. dilacerante conflito entre as coisas e as palavras. esqueleto digital. eles parecem invencíveis, depois caem andando em volta do fogo. tudo o que você imagina existe. vale a pena viver os sonhos, e os alheios? trilhos. meus nervos esgarçados de tanto lutar. minha boca na tua boca.

arriscar no texto seguinte. enriquecer a imaginação. sou como pedra. colagem, montagem, bombom. esparsa paisagem da janela aberta. dia e noite penso em você entre a faixa branca e rosa das nuvens do céu. tento ser emoção para não virar cascalho de vez na mastigada carne do cotidiano. o que são mãos? impressões digitais. boca do balão. um pedaço de mim no ar. um pedaço de mim no chão. onde mais os pedaços? em que canção? as vistas ficaram turvas e nada mais se viu. vivemos a consertar o que estragamos. pela grama do parque. foco no movimento. uns chegam. outros partem. palavras são portas para a alma. mapa infindo. céu estrelado. um cego na estrada guiando outro cego. metáforas como metralhadoras a disparar sem parar. algumas pessoas podem ajudar as outras a entender, a entender melhor o caminho da felicidade, o universo e sua absoluta complexidade. ganhar no nocaute. no primeiro *round*, no rápido. minha escrita é uma extensão da minha fala e vice-versa. civilização em frangalhos. produzo sons. imaginação fértil. pessoas habitam e transitam sem parar. o barco cruza a paisagem sincopadamente da janela por entre edifícios no mar. areal. passo a passo. nem sombra. nem ponto nenhum. observando os homens e seus sentimentos. mágicas. sonhos. a cena mais longa do filme. o gozo atrás do outro. a estrela no peito desenhada. pulando igual gafanhoto de um lado para o outro. canto fala. teia diabólica. minha confusão é também a sua confusão. você pode afinar meu violão? mexa-se sempre senão você ficará grudado no nada. tudo é político. injetando sangue novo nas suas gastas veias. bar de beira de estrada. artérias urbanas. leitor labial. através do texto delinear um retrato do mundo. aos dias vêm as noites. mata densa. cipós se cruzam. que lambisgoia é esta? a cabeça é igual a um músculo. precisa exercitar sempre. abraçar o futuro. furar a rocha. artistas de circo se movimentam antes de tudo começar. vendo passar a si próprio na correnteza do rio. onde a estrada principia? um novo dia. parece irreal essa paisagem. flores e frutos. grotesca caligrafia. nas profundezas do mundo. sou agora outra voz. ponto elétrico. no meio de tantos vermes vou jogando água no fogo. uma cegueira começa a entrar onde antes era só visão. névoa atroz. parte tátil do humano. a visão clara faz falta no armazenamento de dados no cérebro. show de contrastes. a poeira cobrindo as partes. é ouro de tão azul. a novidade está no jeito manso de aparecer. baba. você se esconde. listando coisas. trabalho de formiga. não se deve ficar no mesmo lugar muito tempo. compulsão interrogativa. miscelânea. soprarei fogo que incendiará tudo. no centro de um moedor de carne ligado a alta velocidade de eletricidade.

o universo começa num ponto escuro que vai se aclarando, se ampliando num movimento circulatório de partículas, luzes até um clarão faiscante. a sonoridade do canto da sereia tripa que percorre o oceano interior do organismo. somos o que falamos. somos o que escolhemos, somos o que somos, somos do nada ao tudo, somos uns malabaristas, somos os que não comemos, somos os que apostamos, somos os que não somos. tenho uma luz no olhar. depois aparecem os abutres. como um réptil entre as folhagens do chão. vejo além do que os olhos podem ver. meus sentimentos me consomem do amanhecer ao crepúsculo. às vezes submetemos nossas vidas à total mediocridade. tem pessoas que usam máscaras enquanto vivem. algo sussurrado. quando o negócio tá apertando, pule, pule, pule fora. fazer alguma coisa te consome à beça: é como você tivesse que passar o estômago no asfalto quente. somos humanos, tudo acontece. bossa nova. a luta pela sobrevivência tem tentado me mastigar. desejos e misérias. tacos sujos. uma luz vai aparecer enorme para mim, disso eu tenho certeza e no vácuo que estou, tudo seja preenchido de boas amplidões. raspas. escrevendo as minhas angústias. abro todas as portas para que o tempo seja avassalador nas suas vontades e estripulias. o animal faz o que tem que fazer. mastigar frases na crua claridade dos fatos no curso das palavras.

sonho com engrenagens, catástrofes humanas. num dia bonito, você levou um pedaço do meu coração mas vivo de mágicas e voo num milagre por sobre as coisas. areia fofa. homem de palavra. sobre todas as comportas fechadas acontecerá a explosão. no quarto escuro da paixão a sensibilidade do mundo canta o meu coração. lutando contra as trevas do tempo. na desgastada solidão de mim mesmo. a pluma sobre o corpo nu. fosforescente desejo. e por ai vai... vivo na minha cabana. pego peixe com a mão. asso na folha de banana. tudo é tão fragilizado nesse denso cotidiano. onde tudo parece uma areia movediça que o mais difícil é manter o equilíbrio e seguir o motor corrosivo da destruição tá acelerado incitando o caos. na imensidão do céu da boca escura. sou uma espécie de duas pedras que se batendo podem gerar fogo. todo o tempo corto meu coração em pedaços para ele continuar inteiro. misturo a linguagem cotidiana das ruas com as mais sofisticadas experimentações. no mais escuro da escuridão se encontra o mais claro da claridade. sou seco. cru e tecnológico. transfusão sanguínea. rupturas por onde passo. visgo de lagarto. parece que você quer me paralisar. sou revolto e me debato nas águas e sigo na superfície. teu olhar parece que você quer me imobilizar. alguma lâmina. objeto cortante. textos como viagens. eu e meus desejos. romper os limites. expandir a força própria. assovio conforme o vento a música da noite num toque mágico.

tudo é tambor nessa trituração dos sentidos. aberto prato sobre a mesa e a força da gravidade. você parece ser o único planeta que se move. e os outros? de que adianta fazer descobertas e guardá-las. os objetos se atraem. o rabo de um cometa na órbita. ver o incomum no comum. o universo no verso. ciência é pensamento, vida é mistério. poeira cósmica. oceano de coisas desconhecidas. perpétuo clima de contradição. folha nova verde na palmeira. sou uma flor das mais bonitas que habitam o podre pântano mas se mexem comigo, se me abusam, boto qualquer um no chão. vermelho sangue. diário brasileiro. primeira página dos jornais. penso produto. vestir-se e despedir-se dos vícios trafegando entre acertos e desacertos. na manhã cinzenta do pensamento obscuro traço da caneta no papel timbrado de cartas. por trás de uma curva tem uma reta que vai dar em outra curva que depois tem uma reta e mais uma curva que depois tem uma reta e mais uma curva e outra reta uma curva uma reta curva reta. abrindo o portão pesado de pedra das coisas com alma por entre dentes cerrados e uma certa sonolência de fatores e dependências. a difícil espera de ruas iluminadas. o milagre por entre paralelepípedos. bandeirolas. os conceitos vêm do inconsciente. choque cósmico. bom nos detalhes na vitrine. acender, atiçar a chama. vivemos num mundo cínico, de concorrências ferozes. olhando as paredes brancas do quarto na estrada longa. riscos no chão. áspero esforço.

tudo se agiganta na passagem do sêmen. a vida é risco na velocidade da visão. buraco cheio de formigas. galopante. extraordinárias situações. bolas para as coisas. misturar mundos. parafuso. junção de fatores que redundam no elemento sorte. sincronismo do acaso. inventando canções. flor de lótus. olhando o céu. todos temos fantasmas. que sou? para onde vou? a cidade produz seu próprio caos. o pensamento atravessa a rua no sentido do mundo. o cotidiano da lata do lixo. conversa de mosquitos. abra os olhos. olhe ao redor. canoa. já passei pelo inferno e céu de tudo. algumas coisas só se vê abrindo o coração. fôlego só. por uma rua. por outra. por várias. estou só no meio do telhado e ele está cheio de moscas. deixei a água cair bastante sobre meu corpo para que limpasse a baba que deixaste sobre meus mamilos na hora do sexo e que ali não ficasse nada como se fosse um palco a mais do mundo dos horrores. o desespero bate à porta. estou nu e nada. há uma fome opaca entre os lábios e nada. orando veneno. pássaro vermelho. termino exatamente como comecei. no deserto. sou cigano no vasto horizonte. lembranças pessoais tomam tons universais. o espelho do real e do imaginário. quando se joga sementes, as coisas vêm. o dia era de muito sol e eu chorava pelas praias desertas num jogo aberto de dor, desabafos e angústias. flor na concha das coisas. a felicidade é uma folha de papel ao vento.

os olhos internos são uns, os olhos externos são outros. campo aberto. o mundo pode te engolir. sonho *blues*. o sol romperá a escuridão. os fatos mais densos se dissolverão frente à brutal luminosidade. do nada brotarão rosas de todas as cores e risos por toda parte. parabólicas. olhando para fora, para dentro. o cigarro aceso no cinzeiro. fumaça chicoteia vaga dança. ser tocável. ou eu destruo ou continuo com ela. luz forte por todos os cantos. rastros sumiram na estrada. o passageiro rápido pelas coisas. previsão do futuro. percorrendo o caminho das letras douradas. sei fazer frases. você me deixa bolado. sou aquilo que sou e o mundo uma colcha de retalhos disso tudo. frutos podres. seguindo a vida. esquinas do pensamento. conjunção de erros e acertos. tratos e loucuras. como sobreviver nos dias de hoje? decifrando o enigma das pedras do calçamento nas águas dos eventos. eu sou aquele palhaço que faz. que quer que as coisas aconteçam. a cultura nasce do movimento das coisas e não do estabelecido. paisagem em cima de paisagem. o que fazer numa sociedade banal? em você tudo é verdadeiro. seu teatro de sombras me assusta. elas não dizem nada. falam pelos cotovelos. não tem jeito de ser igual a nada na questão. tudo muda diante dos meus olhos. a noite do pierrô apaixonado. a noite do novo tempo. concisa e clara. coito.

intocável o tempo é um conceito. me perder em outros mundos. me dispo totalmente. flecha luminosa. o silêncio é mais forte que as palavras. e a lama nos pneus? o sangue? o colar? a cobra na relva. qualquer copo de um drinque não me torna um qualquer. a natureza e os ciclos. o que faço é soprado por alguém. luz âmbar. arco-íris no céu. tua enorme boca aberta quer abocanhar minha cabeça e eu corro, corro e não saio do lugar. saio do corpo, viajo. cavalo do mundo. lamber a cara do dia. passar a língua docemente. saciar os desejos. ir no mais fundo do fundo. penetrar nas curvas das tuas retas. encarar de frente. maçãs da mesma árvore. lutar pelo ponto de vista. a construção de palavras. eles vão embora. eu neste quarto vazio, enorme. dentro dele me virar, me remexer, me entortar e me desentortar. tudo tão raso numa poça funda. correndo em direções diferentes das preferenciais vertentes. e onde eu? meu coração é uma estrela brilhante de luz. não sei onde estou hoje. nem onde vou. o coro da jararaca ficou no caminho. gigante esfolado. os pingos da chuva espalham seu desenho pelo chão igual a um monte de muriçocas num ataque conjunto. topar os desafios.

pedra, pedregulho, pedrinha. circunstanciais. fazer a revolução na cuca. não ter parecer fixo sobre nada. estar vivo. gente é brincadeira. fico na forma do papelão. trabalhando. a estrada é longa. o homem que vê o prumo no olho. o gato brinca com os objetos espalhados pelo chão da casa num frenesi só. o poeta não tem nada nas mãos. nem armas, nem anéis, nem nada. por entre os dedos vaza o sol. luz de diferentes tons pelo rosto. coisa diferente espalha daquela de ontem no hoje de agora. pela mão do poeta passa a fumaça do cigarro do outro poeta. lutar, lutar, lutar. infinitamente lutar.

Alguns poemas e + alguns

eu não sou um poeta
sou um malabarista
e dos piores que existem
quando vou andar no arame
logo caio no chão

∽ ∽ ∽

cato versos pelo chão das ruas
cato versos pelo chão de casa
cato versos dentro de mim

∽ ∽ ∽

sou poeta
sou vigília
sou dança
sou sol
confirmo parecer de walt whitman:
"contradigo a mim mesmo pois sou vasto"

arco e flecha
ponto luminoso
explosão

∽ ∽ ∽

epigrama

das flores, o sumo
do sexo, o gozo
do chão, fragmentos

∼ ∼ ∼

osso/ofício

na noite escuridão,
escrevo.

silêncio,
nenhum sinal,
nada.

amanhecendo,
um corpo escreve os sonhos.

∼ ∼ ∼

alguém e eu

alguém cantando um *blues*
eu caindo no azul
alguém não me levando a sério
eu numa nuvem solar
alguém morgado
eu linha do horizonte
alguém brilho
eu lama
alguém pedra
eu diamante
alguém flor de crepom
eu João
alguém poesia
eu ciência
alguém num andamento filosófico
eu numa de santo
alguém viola
eu luar
alguém cebola no olho

eu lágrima no olhar
alguém amor
eu descrente
alguém ruína e bocejo
eu cedo de pé
alguém folhetim e campo
eu romance e cidade
alguém disco
eu borboleta
alguém cascalho
eu sonoridade
alguém sol a pino
eu pleno mar
alguém beijo
eu sono
alguém prosa
eu verso
alguém na flauta
eu explosão
alguém baderna
eu suave
alguém necessidade
eu liberdade

∽ ∽ ∽

luz da manhã

você abrindo a porta
depois da noite morta
tudo é flor
meu rio cor
acende rápido
um beijo em pleno asfalto
se abre em rios
luz da manhã
caminho
ruas vazias

na varanda filtra o sol
alegria!
outra paixão
linda luz
entre mistérios
decifra-me ou devoro-te
nova canção
na luz da manhã

∿ ∿ ∿

à moda de Bandeira

a rua
o casario
a ladeira
o espelho d'água
a Baía de Guanabara

∿ ∿ ∿

fragmento zero

penso, às vezes,
na frase exata
sem desperdícios
como o musgo fossilizado
na parede
em frente a minha janela
penso...
e o sol
é maior que tudo!

abro a casa
e a esperança:
escrevo no escuro

para decifrar no claro.
do atrito das pedras
nasce a filosofia
perdi uma frase
chorei lágrimas não minhas.
a paisagem longínqua
da janela:

o galo canta
o navio apita
o dia desperta
a canção começa...

∼ ∼ ∼

no meio da noite
na madrugada
desenho algo mágico
em mim

depois da escuridão
vêm os pássaros
o amanhecer
o novo dia!

∼ ∼ ∼

amanhecendo
névoa se dissipando
a claridade vindo
a cidade aparecendo...
primeiro, os pássaros
depois, os carros
e, por último,
os homens.

∽ ∽ ∽

sonho cinema
atrás da parede branca
tem uma porta com telefone
em frente um poste
perto o ponto de ônibus
depois, a cidade

∽ ∽ ∽

com a leveza
das cordas
do violão
vou afinando
minha voz
nas palavras
*
um assovio
cães latem na madrugada
a cidade dorme.

∽ ∽ ∽

divagando

o que carrega
o que tira
o que foi não foi
o dentro
o pelas beiradas
o somente
o vão livre
o afoito
o desejo

a mancha
o deserto
as palavras

∽ ∽ ∽

quase canção

cães latem na noite
acho que sonhei com você
o pouco que durmo
acordo pensando em você
nos acordes do meu violão
no silêncio
antes dos jornais
na observação do tempo
no vagalume que zanza pelo meu quarto
meu mundo não caiu
meu mundo é você

∽ ∽ ∽

silêncio
na noite:
uma luz se acende
uma luz se apaga

enigmático momento:
névoa,
neblina,
nada mais.

∽ ∽ ∽

no ringue da vida:
luta / labuta
luta / labuta
luta / labuta

∽ ∽ ∽

osso e pele

o osso é dentro
a pele é fora
vivem juntos

cada um no seu cada qual

∽ ∽ ∽

fogo
falo o que falo
minha voz não treme
nem tremula o ímpeto que nela há
ela é límpida
como o sol
sobre o varal de roupas penduradas
é certa, afiada
não carrega mentiras
essa é sua estrada
não camufla verdades
nem esconde emoções
é linguagem

∽ ∽ ∽

política voz

eu não sou o mudo
balbuciando
querendo falar
eu sou a voz
da voz do outro
guardada
falante
querendo arrasar
com teu castelo de areia
que é só soprar
soprar soprar
e ver tudo voar
eu não sou a porca
que não quer atarrachar
e nem a luva
que não quis na sua mão entrar
eu sou a voz
que quer apertar o cerco e explodir
toda essa espécie de veneno
chamado caretice
e expulsar do ar, do ar, do ar
a nuvem negra que só quer perturbar
soprar e ver tudo voar
soprar e não ficar nada para contar

∽ ∽ ∽

seco
pareço um leito enxuto de rio
sem chuva nem vegetação
seco
igual a carne seca
fruta seca
um som seco
sem babados
direto

despojado
informação seca
como um canto sem acompanhamento
com a goela seca
seco
batendo na terra
buscando algo
que não seja seco

∽ ∽ ∽

confetes

vulcão em erupção
das lavas
colho alguns diamantes
e ponho na mão da canção
podre pêssego numa estrada torta
qualquer barco, qualquer rota,
qualquer nota
transparente desenho
nada a decifrar
mapa da mina
roteiro no ar
e por que não qualquer outra coisa?
a vida é música, drama, furacão
é tudo sim, tudo não
nada nunca igual eu pierrô
você colombina
em que carnaval?
em que carnaval?
em que carnaval?

∽ ∽ ∽

muros grafites
metralhadoras na noite
desenho um coração de caneta
próximo ao verdadeiro
não custa nada apostar na sorte
numa segunda amarga e desdentada
os rebeldes tomam posições estratégicas
deflagram o som nas caixas
miseráveis na ruas se beijam
como num clipe no meio do trânsito
bailarinos
avançam sobre a cidade maravilhosa
ideias em chamas
tudo o que guardado está
todo dia está assim
por que não mudar?
por que não mudar?
por que não mudar?

∽ ∽ ∽

em mim não habita o deserto que há em ti
minha alma é um oásis luminoso
você constrói sua jaula e nela quer ficar
cuidado
eu faço o que deve ser feito na hora certa
existe diferença entre paixão e projeção?
será que terei de me tomar um insensível
só para suprir a demanda do mercado atual?
quanto mais eu me acho mais eu me perco
que os tambores batam
e que tudo se acenda forte!

∽ ∽ ∽

curvatura
da boca
peixe dança
no aquário
olho
hipnótico
do gato preto
colado ao vidro
na faxina geral
variedades
frutíferas
inclusive
podres
matéria-prima
cacos
do estábulo
à boca do cavalo
sinal
sonoro

≈ ≈ ≈

talvez

nesta manhã cinzenta
nenhum projeto se edifica
tudo parece abaixo de zero
nesta manhã sem brilho
o ar está vazio
o ar está vazio
nesta manhã cinzenta
nenhuma solidariedade
nada se move
de um jeito amplo
tudo parece um canyon sem luz
talvez algum anjo apareça
talvez quem sabe algum milagre aconteça
talvez uma força

ajude o barco a ir
talvez as máscaras caiam
e o reino da felicidade se instaure
talvez, quem sabe, nada aconteça
infinitamente

∿ ∿ ∿

acaboclada

Ela tem cheiro de mato
De capim do campo
Ela dança
Saracoteia
Passa a vista em tudo
Tá na hora?
Tá no tempo?
Ela chega para abalar
A cena um é assim
A cena dois é assado
Ela avança
Derruba o cenário
Caem os pratos
Emborca a canção
Ruptura
Dendê
Sertão
Ela não tem nove horas
Não tem presepada
É forte
Bonita
Peitão
Enquanto a gente
Pensa nos destinos do mundo, da nação
Ela adentra
O meio do salão
O que ela quer?
O que ela tem?

Tem um jeito de comida
Um quê de Brasil
É doce
Dá esporro
É rainha
Um vai ou racha
Mulher
És pele, proteção.

∽ ∽ ∽

nas diurnas
nas noturnas
um cigano vagabundo
um *clown* pirado
sapato furado
barriga vazia
tudo tão exposto
a qualquer estação
que nem adianta
pensar que vai ser diferente
a estrada é longa
bom andar
ontem ali
hoje aqui amanhã acolá
pulando de galho em galho
na tela do computador
como um risco um foguete
uma explosão em cada espaço
comendo vidro
engolindo
soprando fogo por todos os poros
abrindo caminho no fechado
trilhando o claro
escuro dos dias
não é fácil não
é mais que duro
fere até imaginar

um letreiro qualquer
a poesia o pão são necessários
comendo vidro
como um malabarista
destes que extraem do organismo
alimento para uma canção
um blues ao sol do meio-dia

∽ ∽ ∽

2 diferentes
mesmo barco
2 diferentes
qualquer estrada
2 diferentes
numa cama
2 diferentes
para que diferença?
2 diferentes
tudo igual
2 diferentes
na chuva
2 diferentes
ao sol
2 diferentes
esforço total
2 diferentes

∽ ∽ ∽

olhos fechados
vejo vida iluminada
+ distante
outra abandonada
vou longe
não vejo + nada

apenas clarão
logo depois
tudo se apaga
tonto
sigo
por uma ponte
no vazio
da cena

≈ ≈ ≈

nos supermercados da vida
se conhece o homem e seus preços
baratos ou caros
eles vendem suas almas
nessa podridão
poesia amorfa
pedra que eles não querem lapidar
para eles tudo é pequeno
em suas mãos e cabeças
rolam cheques e moedas
numa farta mesquinharia
sua visão é embaçada
muito longe se aspira a felicidade
pois neles tudo é reles
seu crânio de micróbio
sua pele de paquiderme
sua ação vital de barata
como porcos na lama
passeando pelo lixo que são suas vidas
destroem o prazer de viver

≈ ≈ ≈

buraco negro

olho no visor
dedo no gatilho prestes a atirar
meu coração pulsa por alguém
mas quem? quem?
o mundo está oco
buraco negro
escuridão
dia após dia
as cidades cheias
uma só agitação
procurar um ponto alto
meditar:
tenho por princípios
nunca fechar portas
mas como mantê-las abertas
o tempo todo
se em certos dias o vento
quer derrubar tudo?
de qualquer maneira
crer no amor
na espécie
em outros dias
meu coração pulsa por alguém
mas quem? quem?
o mundo está oco
buraco negro
escuridão

∽ ∽ ∽

um novo organismo novo
pássaros despertam manhã
caboclo triste
ar de sertão
vida e homem áridos
com o pé na água do rio corrente

correr trechos
estradas
tampas
boca aberta cariada a sorrir
por montanhas desconexas
palavras soltas ao vento
no balanço da suave palmeira
que brilha nos últimos
raios de sol da tarde
de hoje

∽ ∽ ∽

múltiplo

eu sou um
eu sou vários em um
eu sou flecha
eu sou alimento para sua cabeça
eu sou o que sou
farol
brisa
sol
bússola
dia
noite
visão
motor em contínua mutação

∽ ∽ ∽

duplo

eu e minha sombra
na poça d'água
na lama

no carnaval
no circo
no disco a rolar
no alto-mar
no deserto dos dias
no negro de nós
eu ela
a voar
juntos a brincar
conforme a luz
jogo de amar

∽ ∽ ∽

algo se move
se movimenta
por entre as pedras
algo corrente
fio d'água
algo que aflora
fazendo surgir um outro espaço
algo alga numa dança aquática
algo mole
gelatina no pirex
algo que filtra
algo serpentino
algo que vaza
em direção à superfície
algo novo
algo surpresa
aparecendo com vontade
algo na direção da luz

∽ ∽ ∽

uns constroem
outros destroem
é vida
sim
não
um atira para o alto
outro atira em alguém
não é nada mesmo
essa vida
servis
ousados
ecléticos
desunidos
despojados
o que fazer?
arregaçar as mangas
mãos à luta
não há tempo a perder
o que quer dizer
alguma correlação entre uma coisa e outra?
pense sobre isso
onde o ponto no homem?
há hoje por aqui?
às vezes tenho asco das notícias
nada é tão importante assim
somos ponto de interrogação
frente aos oceanos
perguntas
ondas vêm
para que ficar sempre coroando
congelando nosso comportamento?
fico horas a pensar
onde se mete o meu amor
que não aparece
não me flecha
por que não chega
me arrebata
me pega
me usa
onde você se mete?

em que mar nada o seu coração?
na base de que canção?

∾ ∾ ∾

Alegria contagia.
Alegria é uma chama acesa que alastra por todo o campo do possível.
Alegria é tudo.
Alegria é a prova dos dez.
Alegria é não criar limites, o mundo é maior que qualquer limite.
Alegria é o quebrar limites.
Alegria é incendiária.
Alegria não tem controle.
Alegria não tem contas, nem dados sórdidos que a detenham.
Alegria é o sol varando tudo querendo mudanças.
Alegria é torcer pelas transformações.
Alegria é não dar o braço a torcer.
Alegria é levar adiante a bandeira das utopias.
Alegria é espantar o que não presta.
Alegria, quanto mistério se esconde entre suas sílabas.
Alegria é a alforria do amordaçado.
Alegria é o estalo onde nasce a poesia.
Alegria é romper.
Alegria é sair da casca do ovo.
Alegria é o novo.
Alegria é a luz nas entranhas.
Alegria é um batuque, um baticum.
Alegria é banir o desespero.
Alegria se encontra fora das leis.
Alegria é luz acesa na noite, escuridão.
Alegria é onde o não não tem vez.
Alegria é onde a vida recomeça.
Alegria é o que move situações.
Alegria é não se abater frente aos obstáculos.
Alegria é o não será mais o que era.
Alegria é correr na frente dos outros.
Alegria é fazer perguntas.
Alegria é o prazer se espalhando.

Alegria é provocante.
Alegria é ser aquilo que é.
Alegria é o segredo da vitalidade.
Alegria é explodir a ternura.
Alegria é de tirar o fôlego.
Alegria é tanta coisa...
Alegria?
Alegria??
Alegria???
Não ando muito alegre, mas é foda de bom a alegria!!!

∽ ∽ ∽

voz eco

não tenho nada
amor ninguém
sou a voz
o eco
lamento
canto danço as paredes deste texto
entre dias vazios
noites frias
choro gotas enormes
numa erupção rápida
entre soluços
lavo a cara com as próprias lágrimas
digo não há fome
ela se dissipa
no oco estômago e ponto
a voz beija o eco
ele se espanta
cresce até o monte
se alimenta dela
que por si só
precisa do seu rosto inteiro
conhecem-se estranham-se
amam-se odeiam-se

são unha e carne, devoram-se
entre gritos
emissões

∽ ∽ ∽

canção

não beba do trago deste passado
ele é osso duro de roer
inventa o imenso presente
assim é melhor viver
alguma opção
para que nosso amor
não seja em vão
algumas flores brotem
no cérebro
na imaginação
alguma coisa então...
seduz o mundo
ele te diz sim
ninguém gosta dos fracos
os fortes são mesmo assim.

∽ ∽ ∽

ir adiante:
diamante brilhando na lama
ir adiante:
água podre correndo rua abaixo
ir adiante:
nada a fazer de tão absoluto
ir adiante:
você saindo de foco
ir adiante:
novas imagens entrando

ir adiante:
adiante do adiante
adiante.

∼ ∼ ∼

minha sensibilidade
não é lata de lixo, não
nem espremedor de laranjas
a triturar frutas sem parar
nem alvo para testes de pontaria
nem rede para se espreguiçar
nem milho de pipoca prestes a estourar
nem ar condicionado
nem nada do que se possa esperar
nem ventilador a atirar o caos para o ar
nem mensagens que não puderam
numa garrafa entrar
nem barco sem condições
atirado a altas ondas do mar
minha sensibilidade é simples
não gosta de barulho
mas gosta de dançar
é simples
e volta e meia
se perde no fio invisível
que passa por entre as rochas
e fica a indagar o seu caminhar
minha sensibilidade
é uma interrogação
neste deserto de absurdas afirmações
não é nada
do que se possa esperar
é simples
e quer aumentar...

∼ ∼ ∼

é tudo ficção

lavo os pratos
bato meu carro
saio nos jornais
conto piadas na tv
choro canto danço
penso em ir embora
às vezes eu me desespero
digo não sim
quero mais
por todo lado confusão
tento me equilibrar
na corda bamba andar
o que se passa sob o sol
é tudo ficção
o que era calado silêncio
agora é pura flecha
o que era novo de manhã
no almoço é só poesia e podridão
nesta tribo tecnológica
sem fios nem pontas
neste painel eletrônico sem portas
tem luz dentro do túnel
e fora só escuridão
como não há solução
só problemas
a questão é filosofar
e como um trapezista pular
e acreditar:
o que se passa sob o sol
é tudo ficção.

∾ ∾ ∾

código de explosão

caminho ao sol
desenho sensações na estrada
a desordem urbana é fascinante
num domingo quente
show dos performáticos no asfalto
crianças brincam com revólver de verdade
matam como se fosse de mentira
um careta reclama
a cidade virou mercado persa
na zona do calor
em volta vivem os ciganos
na localidade "os porcos"
homens observam detalhes
vendo a vida passar
água rio abaixo
o dia faz-se imenso logo cedo
ele limpa sua arma na janela
mira acerta alguém
um passo adiante outro atrás
será que para nós tem saída?
mete o dedo nos olhos
do peixe para carregá-lo
enquanto palavras piscam nos monitores
uma canção algumas portas
dinheiro não compra amor
a vida de hoje
para o que der e vier
somos a imunda América
um mundo em putrefação.

∽ ∽ ∽

onírica

uma voz rouca ecoa no deserto
como uma serpente no asfalto quente

caio numa areia movediça
de cinema à tarde
e deus criou a mulher...
fartos peitos
boca aberta
muito prazer
apago o cigarro na mão
tomo dois goles de aguardente
da goela labaredas de canção
saio de mim e volto
caio em ti e viajo
estou ilhado
cercado de ferozes tubarões
é grande a fome
nas paredes da barriga
tudo parece girar
num redemoinho de vento e som
passo sem pestanejar
de sonho em sonho
uma bala explode o monstro coração
num lacônico não
desprotegido ao sol
ligo para um amigo
grito: socorro
festa no outro lado do mar
e ela grita tanto
num triste bangue-bangue
que desperto
de olhos grudados
feliz na neblina
sem luz nenhuma a velejar

∼ ∼ ∼

enciclopédia chinesa
texto século 21

a) cultura / carnaval
b) marcha das utopias
c) ?
d) bomba luminosa
e) isso aqui é o Novo Mundo?
f) liberdades conquistadas são liberdades conquistadas
g) explosão
h) captando ondas no ar do mundo
i) criar produtos
j) trabalhos e dias
l) inventar o dia cada dia
m) lâminas do mundo
n) pratos quentes
o) variados
p) luz e sombra
q) deuses e diabos
r) notas e notícias
s) luz natural e luz artificial
t) força bruta viva
u) flores e frutos
v) quanto mais melhor
x) diversos e diferentes
y) fazer fazendo
z) agora e sempre

∽ ∽ ∽

texto 1

Técnicas. TVs. Tecnologias.
Vulcões. Símbolos. Imagens.
Figuras. Pacotes. Posições.
Imensos. Desenhos. Campos.
Números. Cores. Letras.
Cenas. Poesias. Papos.

Pontes. Plurais. Mais.
Jogos. Diversões. Diferentes.
Doces. Barcos. Beijos.
Pontilhados. Águas. Gráficos.
Cravos. Criativos. Jardins.
Olhos. Grupos. Bandos.
Pessoas. Amores. Estações.
Estágios. Departamentos. Dedos.
Borrachas. Desejos. Cartas.
Lados. Coisas. Fatos.
Ares. Notas. Cacos.
Corpos. Matérias. Densos.
Hálitos. Pedras. Palavras.

∽ ∽ ∽

texto 2

o novo o ar dele o clima
vindo inteiro intenso
solto doido independente
fluente espacial
atual pérola pedra pão
grãos deuses mãos
sim texto corrido
feito rio barcos balsas
navegações vegetações
situações bússolas satélites
mergulhos voos cantos
silêncios paixões passagens
brechas buracos idades
ideias tempos

∽ ∽ ∽

há verde por entre os azuis
ocre nos dedos da mão
algum prata sobre os telhados
algo louco perto das nuvens
nenhuma dor nos músculos
alguma brecha para os lábios
nada na orla
a não ser o mar
ao olho
o olhar

∿ ∿ ∿

novo dia

um galo canta,
outro canta,
outro canta também.
silêncio,
amanhece...
a cidade,
entre neblinas,
aparece.

∿ ∿ ∿

todas as manhãs
canto para subir
no passo a passo
nos sonhos
no porvir

todas as manhãs
alimento esperanças
quem sabe alguma
alguma coisa seja

todas as manhãs
grito por viver
clamo ao sol por mais justiça
abro o leque da solidariedade

todas as manhãs
sou mais eu
sendo mais justo
em todas as medidas

todas as manhãs
danço minhas manhas
abrindo as manhãs

∽ ∽ ∽

jorgeando

na sombra do coqueiro
no meio do coqueiral
eu canto
com firmeza
meu canto espacial
*
dormi
numa pedra
ao relento
estrelas no céu
noite longa
acordei exausto
*
entre molas aparentes
o corpo da bailarina
se expressa
se expande
sua coragem
num zigue-zague
de jeitos e formas

curtindo a pele
com piruetas
e aprontes
*

porto algum
ou talvez
uma porta
por onde
se possa penetrar
na semana
farta mesa de jantar
vitrines
transeuntes
variadas observações
onde a felicidade?
*

tecido azulado
o dia vai se processando
em ciclos
de perguntas
e conceitos
como nuvens
se formam
se diluem
na plenitude
respiratória do universo
*

assim é a cor
a luz
brotando entre folhagens
agreste aparecer da claridade
no tempo
entre dias e noites
âmbar
sonâmbulo balançar
do bambuzal
a lenta mangueira
de corte fino
triste porte
a extensa flor dos cachos

na passagem do vento
e da sombra
gerando outra visão
*

será isso poesia?
um tiro seco
nenhum grito
cães latem
madrugada fria
rio de janeiro
brasil
américa do cu
*

um pássaro
grita
a esperança:
bem-te-vi
*

na manhã nascente
o bem-te-vi
de novo
grita incessantemente
a liberdade
da janela
a cidade abre-se como flor
no seu confuso movimento
todo dia
*

de novo
puxado pelo ouvido
ele me diz:
bem-te-vi

∽ ∽ ∽

a poesia
a matemática
os espaços

se ganhando
como risco luminoso
no sentido do universo

∽ ∽ ∽

ando na estrada
seguindo o que tenho a fazer
indo não sei em que direção
a cidade parece elétrica
na sua circulação
azul dia sol
verde paisagem
tenho fala panorâmica
canto assim
olho na garganta
ela no 20° andar
luz no cérebro
vejo através de espessas lentes
o que não se vê
meu nome é brisa
bastidores do cabaré
mosaico musical
bagaço
qualquer espécie
poesia dançante
circo e suas metáforas
estrela brilhante
bússola indicadora
caminho na escuridão
canto como falo
voz aberta ao tempo
inflamável capítulo
luz para quem merece
de humanidades várias
completamente despido
entre vivos ideais

∾ ∾ ∾

só quero cantar

garganta aberta para o canto
não sei o certo
corro riscos
não sou nada seu
nem laços
nem coração partido
sou a voz de um fogo
crescente a crepitar
que ao cantar
toca nos quatro cantos da terra
fazendo-a girar mais e mais
sou a voz de um pássaro gigante
com sua doida dança a voar
mágica cheia de truques
bailarina boca
igual ao imenso mar
que quando canta
quer que o mundo escute
e como flor se abra
para o ar
só quero cantar
quem canta inventa o canto
em cada canto
é bom sentir-se vivo
e o canto espalhar

∾ ∾ ∾

canto
grito
vou levando
vida
de acordo

dando no couro
minha sorte
eu mesmo
vou traçando
pelo caminho
vou traçando
de traço em traço
vou traçando
o que ainda
não foi traçado
fala
prazer
papo
voo
coragem
salto
vencer desafios
pular obstáculos
passar como
fio
pelos buracos

∿ ∿ ∿

anotações num guardanapo de papel

1.
caixa de pérolas
tendão de Aquiles
boca de mel
noite densa
véu azul
mãos entrelaçadas

2. anotações...
vermelho-sangue
caixa de fósforo
café preto

irmãs e amigas
10 cigarrilhas
beijo ardente
passeio de barco

3. anotações...
paralelepípedos
carros em movimento
moças suadas
samba e cerveja
céu azul
o dia
hoje

∽ ∽ ∽

olhos fechados
vejo vila iluminada
mais distante
outra abandonada
vou longe
não vejo mais nada
apenas clarão
logo depois
tudo se apaga
tonto
sigo
por uma ponte
no vazio
da cena

∽ ∽ ∽

poema pedra
alguns a querem
como coisa bonitinha

broche
poema dinamite
não há entrada
nem saída
logo que ar penetra
conceitos se fundem
política
cultura
cosmos
nada isolado
hoje
homônimo diz:
"só há poesia e podridão"
poema isso tudo
algumas
mais que palavras
em si mesmo
seca
brutal
percepção das coisas

∽ ∽ ∽

vivo de longos silêncios
caminhadas
agitações
calmarias
nos longos silêncios
penetro na floresta
densa do meu ser
nas caminhadas me alargo
passo a passo no mundo
nas agitações me esquento
me aqueço
me energizo
nas calmarias colho
o que melhor de mim planto
meu barco joga-se no mar

de qualquer maneira
esteja ele
nos altos
nos baixos

∿ ∿ ∿

sol
entrando
pelo buraco
da porta
sem chave
na gaveta da mesa
explode
guardado coração
dedo no olho
do gato
faz ele
dar pulos homéricos
pelo espaço sideral

∿ ∿ ∿

balada dos cachorros do Largo do Guimarães

São 3
São vários
São eles
Os cães guardiões de um largo sem fronteiras
Dormem o tempo todo
Latem
São a imobilidade do largo centenário
Artéria principal
do aprazível bairro no Rio de Janeiro
Passa gente
Passa carro

Para todo lado
Eles são o termômetro
A espécie
De um tudo que se processa:
o dia, a tarde e a noite
Os trilhos dos bondes
Um calor de 40 graus
E para eles é tudo igual
Eles vivem por ali o tempo todo
Se coçam
Cochilam
No seu espaço
Seu mundo
Indiferentes ao cotidiano do largo.
São uma peça encrustada
Na paisagem
em movimento
Fico olhando para eles
Pensando neles
São assim
A qualquer hora
Do tempo do largo
Parecem milenares
como crostas de épocas pelo corpo
Não parecem com nada
Nem mesmo com cachorros
Assim são os cachorros
do Largo do Guimarães
Tentando compor uma balada
Uma nuvem cobriu a lua e as estrelas
Os cachorros sumiram como poeira
Na noite do mágico largo
Clicando detalhes
Somando informações:
Os cachorros continuam
Eternamente lá
Enquanto discos voadores
Fazem voos rasantes
Sobre a cidade.

baque

Alguma coisa caiu...
Uma moeda?
Uma fivela?
Um livro?
Uma pessoa?
Uma árvore?
Uma construção?
Um fato?
Um prato?
Uma vassoura?
Um assovio?
Um anel?
O que foi que caiu?
Ouviu-se o baque e nada mais.

perfil

acordo para noite
mítica misteriosa do mundo
existe tanta coisa
em cada coisa
os cinzeiros cheios de baganas
o fogo que se acende
se apaga
nos lábios escrito desejo
certos delírios
como luz
no meio do dia
a casa está limpa
mas parece uma cratera de um vulcão
uma armadilha

onde foi capturada uma rã
estou como um deus
fantasiado e nu
num carrossel a girar
num tempo
infinitamente longo
nada se sabe
dança-se tudo ao brilho do sol
procuro a mim mesmo
na iluminada janela
no pensar
no esconderijo
lá a natureza ama ficar
tudo é verso
reverso em si
e essas misturas que sempre tenho
que agitar
traçando sozinho caminhos
abrindo portas para o desconhecido
com chama que se move
percebendo contrários
inquieto
melhor que se instalar
no banal

∽ ∽ ∽

Atento às voltas
que o rio vai fazendo
no seu curso
afiando o serpentear
na leitura do mundo
meu olho também
se enturma e vai
descendo neste percurso
abrindo caminho até
onde as águas
se juntam na imensidão

do mar
dando a cara
ao vento
por cima de tudo

https://www.facebook.com/GryphusEditora/

twitter.com/gryphuseditora

www.bloggryphus.blogspot.com

www.gryphus.com.br

Este livro foi diagramado utilizando a fonte Goudy Old Style
e impresso pela Gráfica Edelbra, em papel off-set 90 g/m²
e a capa em papel cartão supremo alta alvura nacional ld 250 g/m².